坐落在容县城东、绣江北岸，被誉为“天南杰构”“天南奇观”的江南四大名楼之一——容县真武阁。（曾宪球 / 摄）

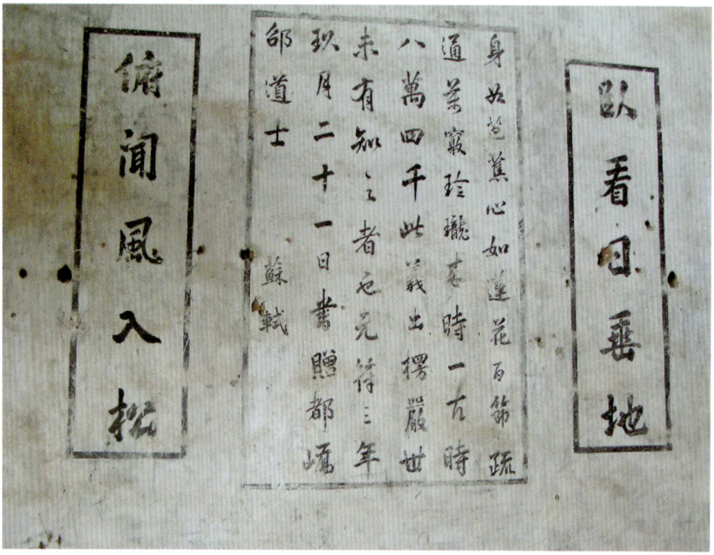

苏轼在都峤山洞壁上题词赠好友邵彦甫

民国时期容县八大上将：黄绍竑、黄旭初、夏　威、何柱国
（从上到下，从左到右）叶　琪、罗　奇、韦云淞、甘丽初

依山傍水、人杰地灵的容州新貌（赵令智 / 摄）

诗情画意、绮丽多姿的容州夜景（赵令智 / 摄）

2011年11月7日，容县获“全国诗词之乡”，授匾仪式在容县真武阁前隆重举行，自治区副主席高雄发来贺词，中华诗词学会顾问林从龙，广西诗词学会会长、自治区政协原副主席钟家佐，玉林市政协主席刘子福出席授匾仪式。（图：右二为时任容县县委书记朱向东，左一为时任县长吕剑枫，右一为中华诗词学会副会长、光明日报出版社原社长李树喜。）

2011年11月7日，容县中学获“全国诗教先进单位”，授匾仪式在容县真武阁前隆重举行。（图：左为中华诗词学会顾问林从龙，右为容县中学校长杨转邦。）

2011 年 11 月 7 日，容县中学获“全国诗教先进单位”，出席授匾仪式嘉宾（从左到右：县政协主席陈松、时任县长吕剑枫、容中校长杨转邦、时任县委书记朱向东、广州军区政治部原主任廖开鉴、县人大常委会主任孔德军等）合影。

2013 年 3 月 1 日，“广西诗词学会容县中学培训中心”揭牌仪式在容县中学举行，参加揭牌的嘉宾有：区政协原副主席、广西诗词学会会长钟家佐（左二）、时任容县县委书记朱向东（左三）、容县中学校长杨转邦（右二）等。

容县县长葛国科（右二）、宣传部长周建红（左一）到容县中学指导学校特色教学工作。

容县县委常委、宣传部长、副县长周建红（左三），容县教育局局长杨远光（右二）到容县中学指导工作。（左二：杨转邦校长；右一：党支部书记何健芳；左一：杨加武副校长）

容县中学诗词教育活动春意盎然

容县中学“文昌阁”诗社成员

容县中学第一届“文昌杯”诗词创作颁奖晚会，中国新闻学院原副院长、中华诗词学会副会长宣奉华为晚会致辞。

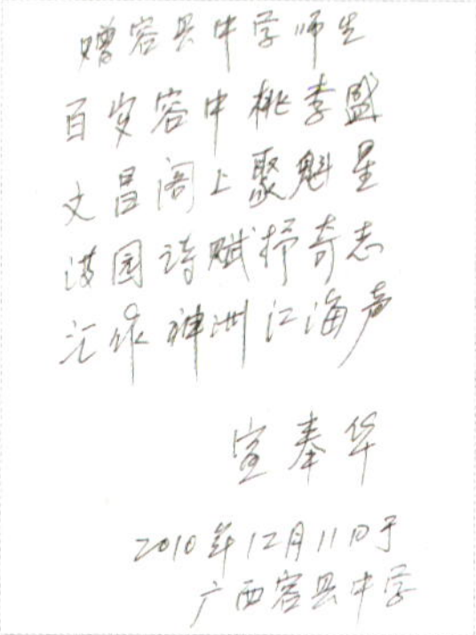

宣奉华为诗词创作颁奖晚会题诗：《赠容县中学师生》。

容县中学第二届“文昌杯”诗词创作颁奖晚会上学校领导与一等奖获奖学生合影。

容县中学第三届“文昌杯”诗词创作颁奖晚会，获一等奖教师合影。

“舞动青春 腾飞容中”2013年秋季期容县中学文艺晚会暨第四届“文昌杯”诗词创作、书画大赛颁奖典礼。

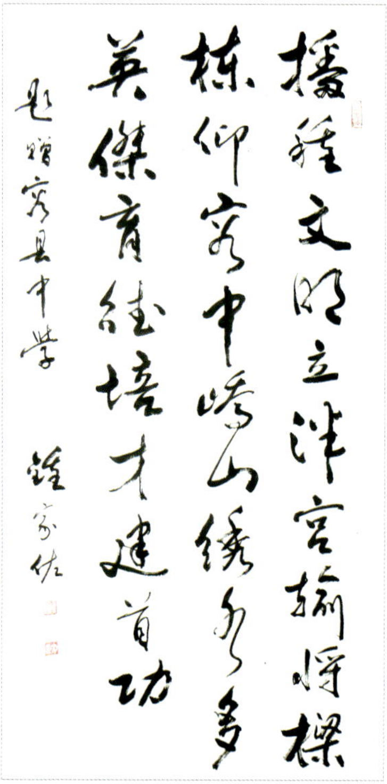

钟家佐为容县中学题词

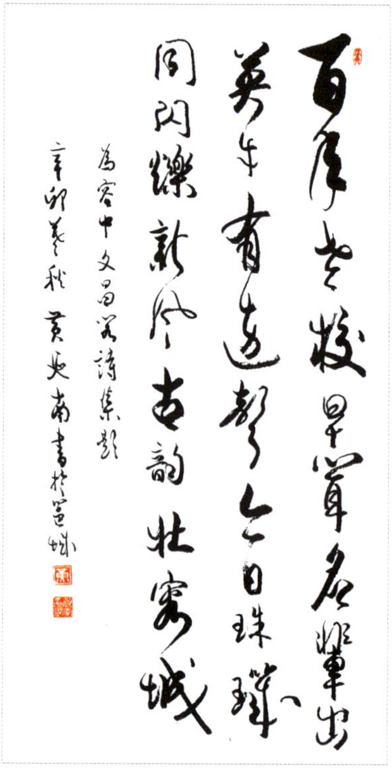

黄延南为容县中学《文昌阁》诗集出版题词

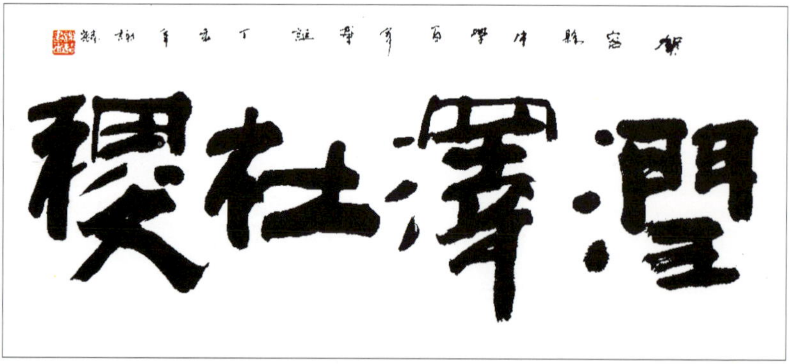

谢麟先生“贺容县中学百年华诞”书法作品

千载容州千载诗

QIANZAI RONGZHOU QIANZAI SHI

杨转邦 主编

广西师范大学出版社
GUANGXI NORMAL UNIVERSITY PRESS
·桂林·

图书在版编目（CIP）数据

千载容州千载诗 / 杨转邦主编. —桂林：广西师范大学出版社，2014.5

ISBN 978-7-5495-5324-2

Ⅰ. ①千… Ⅱ. ①杨… Ⅲ. ①古典诗歌—诗集—中国 Ⅳ. ①I222

中国版本图书馆 CIP 数据核字（2014）第 073636 号

广西师范大学出版社出版发行

（广西桂林市中华路 22 号 邮政编码：541001
网址：http://www.bbtpress.com）

出版人：何林夏

全国新华书店经销

广西民族语文印刷厂印刷

（广西南宁市望州路 251 号 邮政编码：530001）

开本：880 mm × 1 240 mm 1/32

印张：5.375 字数：120 千字

2014 年 5 月第 1 版 2014 年 5 月第 1 次印刷

定价：26.00 元

《千载容州千载诗》编委会

总策划：杨转邦

顾　问：朱向东　王志明　梁伟雄　葛国科　赵　翔　孔德军
陈　松　周建红　杨远光

主　编：杨转邦

副主编：罗陆艺　冯　强

编　委：何健芳　杨加武　余　荣　刘　武　黄　林　韦锦珍
杨培初　陀　添

摄　影：陈　坤

序

踏着诗的足迹，乘着诗的翅膀

中国文化源远流长、博大精深，诗歌更是文学宝库中的瑰宝。习近平总书记在中共中央党校举行建校80周年庆祝大会暨2013年春季学期开学典礼的讲话中指出：“学史可以看成败、鉴得失、知兴替；学诗可以情飞扬、志高昂、人灵秀；学伦理可以知廉耻、懂荣辱、辨是非。”诗歌，它以其阳春白雪式的唯美典雅，吸引着无数虔诚的追随者，浸润着我们的思想，感染着我们的灵魂，鼓舞着我们的精神。它表现了诗人的爱国情操，飞扬着诗人的凌云壮志；它记载着人世的悲欢离合，传达着文人的喜怒哀乐，渗透着对人生的体验和对社会的无限思考，一代一代，传唱不衰。

从《诗经》的光辉起点，到《离骚》的浪漫相承，在这两大诗歌源流的引领下，唐诗、宋词相继登上了中国文化的大雅之堂，开辟了中华民族无与伦比的诗的国度，继而对中国文学发展产生了多方面深刻而巨大的影响。“关关雎鸠，在河之洲。

窈窕淑女，君子好逑”情愫动人；“路漫漫其修远兮，吾将上下而求索”激励众人……唐诗，雄浑大气、内涵深刻；宋词，以姹紫嫣红、千姿百态的风韵，与唐诗争奇。它们都是中国文学的精华、中国人文的精华、中国精神的精华，引领着中国文化一路前行。

踏着诗的足迹，古邑容州诗意浓。容县历史悠久，自晋置县以来，已经有1700多年。历史上，容县曾置管、路、县、郡、州，曾是岭南重要的政治、经济、文化中心。而横亘容县的都峤山，中国道教将其列为三十六洞天之第二十洞天，亦称“太上宝元洞天”或“都峤洞天”，与五岳齐名。这曾是历代文人墨客舞文弄墨的天堂，苏东坡于1100年10月坐船途经容州时三咏都峤山，上都峤山看望好友邵彦甫，并在洞壁上题词“身如芭蕉，心如莲花，百节疏通，万窍玲珑”赠好友，并题有《送邵道士归都峤洞天》一诗。此外，苏东坡还先后题有《都峤洞天》和《藤江夜起月下送邵道士归都峤洞天》两首诗。徐霞客也曾游历容县五天，他在广西期间曾徒步游览容县都峤山、大容山等地，并对都峤山进行了细致的考察。公元1637年农历八月初三至初七晚，他写下3000多字的游记，详细描述了从虎头关登山至灵景寺、宝盖岩，和从白鹤塘至水涧岩、竹筒岩、石背村一带的景色，极尽溢美之词。唐代的戴叔伦，宋代的李纲、吴元美、凌景阳，元代的李恒，明代的区龙祯、王惟道，清代的“都峤三子”王维新、覃武保、封豫，清末民国的封祝祁、陆侠飞、苏绍章、黄绍竑等杰出人物，他们都在都峤山和容州不少地方留下了不朽的赞美诗篇，传唱着容州千年诗的韵律。

乘着诗的翅膀，都峤山下涨新潮。容县素有“文化之乡、教育之乡”的美称，自唐宋以来，受中原文化影响很大，“尊师重教、崇文尚武”蔚然成风。据有关史料记载：在明、清时期，全县有300多所书院（学堂），曾有21人考中状元，有160余人中举。到民国时期，全县先后有110人出国留学，县团级以上干部、将领有300余人。书香默化、诗韵浸染的岭南之乡容县秉承了千年来吟诗作词的优良传统。如今，容县县委、县政府大力提倡和推进诗词进校园、进景区、进机关、进企业、进民间、进网络活动，可见，诗词文化仍是容县文化的主流，且民间诗词创作经久不衰，民间文学组织如雨后春笋——石龙诗社、文昌阁诗社、女子诗社、容州诗社等相应而生，南方食品、南山瓷器等企业也成立了诗词学会。据统计，全县15个乡镇分别成立了诗社，活跃在各行各业吟诗作赋的人数有23000多人，形成了容县丰富多彩、百花齐放的诗词文化，在这样诗风争艳的环境下，在容县已冠以“侨乡”“将军之乡”“沙田柚之乡”“长寿之乡”美称的同时，2011年11月7日，中华诗词学会授予广西容县“全国诗词之县”称号，容县继而又成为了“诗词之乡”。

容县中学，地处都峤山北面、绣江河畔，是一所百年名校，曾培养出众多的杰出人物：民国广西省政府主席黄旭初，国民革命军副师长夏国章，国民党陆军上将罗奇，中国科学院院士党鸿辛，乒乓球名将黄统生，美术家谢麟等等。依托百年老校文化底蕴深厚的优势，学校历来重视诗词教育，积极开展“诗教进校园”活动，通过创办诗社、诵读经典诗文、出版诗报诗集、建设诗词文化长廊等一系列诗词教育活动，鼓励师生读诗、学诗、写诗。学校还经常邀请自治区、市、县及中华诗词学会的诗人、学者为教师、学生授课，把诗词讲座、创作比赛作为素质教育常规工作来抓，全面打造诗香校园。同时组建“文昌阁”诗社，定期出版《文昌阁诗集》、举办“文昌杯”诗词创作大赛，从而进一步促进校园诗词文化建设。在这样的校园诗词发展与创新中，容县中学着力打造特色学校，并取得了显著成绩，深得上级领导的肯定，2013 年 3 月 1 日，由自治区政协原副主席、广西诗词学会会长钟家佐为容县中学成为“广西诗词学会容县中学培训中心”揭牌，容县中学继 2011 年成为“全国诗教先进单位”之后，又成为广西诗词学会诗词培训基地。这正是《诗韵容中》中的“本是容山真应龙，绣江北卧报晨钟。辟雍百载文风劲，雅韵流芳翰墨浓。”

在此，我们编辑《千载容州千载诗》一书，能使大家更好地了解千年容州诗词发展的优良传统，同时本书作为容县中学诗词特色教学的校本教材，既可以传承国粹，又可以促进我校素质教育的全面发展。让我们踏着诗的足迹拨弄风雅，领略容州千年诗词文化的博大精深；让我们乘着诗的翅膀凌空翱翔，继续促进容州诗词文化的蓬勃发展！

杨转邦

2014年3月20日

【目 录】

第一章 ◎ 优秀诗词选摘

唐代诗作

宿灵岩寺

戴叔伦

马疲盘道峻，投宿入招提。
● ○ ○ ● ●　○ ● ● ○ ○
雨急山溪涨，云迷岭树低。
● ● ○ ○ ●　○ ○ ● ● ○
凉风来殿角，赤日下天西。
○ ○ ○ ● ●　● ● ● ○ ○
偃腹虚檐外，林空鸟恣啼。
● ● ○ ○ ●　○ ⊙ ● ● ○

【作者简介】戴叔伦，唐朝中期著名诗人，润州金坛人（今属江苏），788年赴容州任刺史。

【简评】颔、颈两联景物描写十分生动、准确。“恣”字传神。

赠张云容舞

杨玉环

罗袖动香香不已，红蕖袅袅秋烟里。
○ ● ● ○ ○ ⊙ ●　○ ○ ● ● ○ ○ ●
轻云岭上乍摇风，嫩柳池边初拂水。
⊙ ○ ● ● ● ⊙ ○　● ● ○ ○ ○ ● ●

注：○—表示平声字
●—表示仄声字
⊙—表示按在句中读音论平仄

【作者简介】杨玉环，十里镇杨冲人，唐明皇时为贵妃。

【简评】这是一首押仄韵的诗，作者连用多个生动的比喻，把张云容的舞姿活灵活现地呈现在读者面前。

宋代诗作

苏轼为唐宋八大家之一。北宋哲宗、徽宗年间，苏轼游历时曾经过容县，当时在都峤山与好友邵道士游玩了十多天。在离开容州时，邵道士送苏轼到容州城下，随他一同乘舟顺绣江而下。两人依依难舍，情深意笃，彼此珍惜这短暂的相聚时刻，一直倾谈至深夜。远处传来三更鼓响，而苏轼仍然辗转难眠，于是他干脆又叫醒邵道士，一同月下狂歌，并即兴赠诗邵道士：

藤州江上夜起对月赠邵道士

苏轼

江月照我心，江水洗我肝，

○●●●○ ○●●●○

端如径寸珠，坠此白玉盘。

○○●●○ ●●○●○

我心本如此，月满江不湍，

●○●○● ●●○●○

起舞者谁欤？莫作三人看！

●●●○○ ●●○○○

峤南瘴疠地，有此江月寒，

○○●●● ●●○●○

乃知天壤间，何人不清安！

●○○●○ ○○●○○

床头有白酒，盎若白露溥，

○○●○● ●●○●●

独醉还独醒，夜气清漫漫。
仍呼邵道士，取琴月下弹，
相将乘一叶，夜下苍梧滩。

天亮了，藤州城已到，苏轼要转西江乘大船了，两人互道珍重，双手紧握，泪眼婆娑。是啊，这一别，未知何年何月才能再会。苏轼强抑心头悲伤，挥毫赠诗一首：

送邵道士彦肃还都峤

乞得纷纷扰扰身，结茅都峤与仙邻。
少而寡欲颜常好，老不求名语益真。
许迈有妻还学道，陶潜无酒亦从人。
相随十日还归去，万劫清游结此因。

咏都峤山

吴元美

群峰环翠绣江隈，八叠中峰洞府开。
剑戟香炉空际列，马鞍兜子上方排。
烟笼丹灶鳌擎稳，云盖仙人鹤驾来。

观此宝元真胜景，何须航海觅蓬莱。

⊙●●○○⊙● ○○○●●○○

【作者简介】吴元美，永福人，宋宣和六年（1124）进士，被秦桧贬到容州。

【简评】“香炉”“丹灶”“仙人”“兜子”“中峰”“八叠”“马鞍”“云盖”是都峤山八大峰名，被作者嵌进诗里，天衣无缝，且作为律诗要求对仗的中间两联也对得工整。

游都峤山

李纲

（一）

元日寻真到洞天，溪边春色已嫣然。

○●○○●●○ ○○○●●○○

落花流水人间出，谁道桃源不是仙？

●○○●○⊙● ○●○○⊙●○

（二）

叠嶂高岩耸八峰，云间紫翠郁相重。

●●○○●●○ ○⊙●●●⊙⊙

故应洞穴通勾漏，更爱林峦接大容。

●⊙●●○○● ⊙●○○●●○

【作者简介】李纲，南宋词人，邵武（今属福建）人，抗金名臣，曾任宰相，被议和派排斥，1129年到容州。

【简评】两首七绝都运用白描手法生动描写了游都峤山的感受，反问句增强了诗的感染力。

咏都峤山

凌景阳

名山都峤宅神仙，万丈空岩有洞天。

○○○⊙●○○ ●●⊙○●●○

象教数尊存石佛，山源一脉引清泉。

●⊙●○○●● ○○●●●○○

鹤来云盖疑凝雪，僧去香炉尚带烟。

●○○●○⊙● ○●○○●●○

举目九霄云路近，升腾还咏紫芝篇。

●●●○○●● ○○○●●○○

【作者简介】凌景阳，北宋康定元年（1040）容州路安抚都监兼知州事。

【简评】此首咏都峤山的七律，嵌进两个峰名，颈联描写得很生动。

元代诗作

岩中留题

李恒

岩前池水白茫茫，居然洞府似天堂。

○○○●●○○ ○○●●●○○

果是蓬莱仙境地，佛显威灵应十方。

●●○○○●● ●●○○⊙●○

【作者简介】李恒，西夏王族后裔，元朝将领，此诗为 1284 年出兵安南路经容州，登都峤山时作。

【简评】这首诗不符合粘对规律，但我们如把第二句和第四句对调，就符合粘对规律了。有人认为这是首藏头诗，藏“岩”“居”“果”“佛”四字。

明代诗作

游都峤宿宝玄观

王贵德

峰如拔地起，洞自倚天开。

○⊙●●● ●●●○○

老佛遗金碧，残碑蔚草莱。

●●⊙○● ○○●●○

钟声随月散，僧影带云回。

○○○●● ○●●○⊙

一宿玄宫夜，清光映素梅。

●●○○● ○○●●○

【作者简介】王贵德，石寨镇人，王维新世祖，明末清初著名诗人，曾任湖北麻城县令。

【简评】“拔地”“倚天”，这首五律的起联很有气势，颈联刻画得很空灵。

南山秋色

区龙祯

雁度衡阳到此关，带来寒色落秋山。

●●○○●●○ ●○○●●○○

不须擎露金茎滴，爽气西来一解颜。

⊙○○●○○● ●●○○●●○

【作者简介】区龙祯，万历四十七年（1619）任容县知县。

【简评】秋天的特色很明显，尤其是第三句。

再登都峤

王惟道

未了青山愿，重来问旧游。

●⊙○○● ⊙○●●○

云低千嶂合，烟暝万松秋。

○○○●● ○⊙●○○

翠竹栖孤鸟，寒泉咽细流。

●●○○● ○○⊙●○

何时归自社，饶我老丹丘。

○○○●● ○●●○○

【作者简介】王惟道，容县人，洪武乙丑进士，曾任黄冈知县和江西参政。

【简评】“云低千嶂合，烟暝万松秋。”这颔联真把山色写绝了。颈联中的“咽”这个动词用得很活，堪称诗眼。

娑婆岩

杨际熙

玉露天南万里秋，群峰耸翠古容州。

● ● ○ ○ ● ● ○　○ ○ ● ● ● ○ ○

金飙鏖动禅音杳，雁影盘空上界浮。

○ ○ ○ ● ⊙ ○ ●　● ● ○ ⊙ ● ● ○

【作者简介】杨际熙，容县人，明嘉靖举人，曾任南京御史。

【简评】把娑婆岩的清高及超尘出俗之景色描绘得十分生动。

都峤山

杨际会

玉削群峰耸四围，上方金碧尽含辉。

● ● ○ ○ ● ● ○　● ○ ○ ● ● ○ ○

忽闻佛号依云渡，恍见天花带雨飞。

● ⊙ ● ⊙ ○ ○ ●　● ● ○ ○ ● ● ○

最是烟霞堪著屐，不禁风水易沾衣。

● ● ○ ○ ○ ● ●　⊙ ⊙ ○ ● ● ⊙ ⊙

也知世路犹多绊，敢谓从今便息机？

● ○ ● ● ⊙ ○ ●　● ● ⊙ ○ ⊙ ● ○

【作者简介】杨际会，万历五年丁丑科进士，曾任户部侍郎。

【简评】颔、颈两联描绘得很有特色，“依云”“带雨”“烟霞”“风水”，带人进入神仙境界。

咏都峤

李政

洞天三十在人间，都峤原来第几山？

●○⊙●●○⊙　○⊙○○●●○

绝顶高凌红日近，回岩深锁白云闲。

●●○○○●●　⊙○⊙●●○○

飞泉远石伤心麓，芝草桃花满目斑。

○○●●○○●　○●○○●●○

游罢清风生两腋，匆匆归路又催还。

○●○○○●●　○○○●●○○

【作者简介】李政，成化年间容县籍举人，曾任恩平知县。

【简评】第二句问得好。“红日近”“白云闲”深得诗意。

都峤山灵景寺怀乘广禅师

憨山

少小能存向上志，毫芒终长到千寻。

●●○○●●●　○○○⊙●○○

只因历尽冰霜苦，始得成材出郭林。

●○●●○○●　●●○○●●○

【作者简介】憨山，本名蔡德清，12 岁出家，1604 年由雷州遇赦北归，游都峤山。

【简评】第二句深得夸张修辞手法之妙。“寻”为古代长度单位。

游都峤山

潘洪

凌霄都峤拥层层，陟磴扪萝不易登。

○○○⊙●○○ ●●○○⊙●○

岩洞荒凉空有佛，石床颓败已无僧。

○●○○⊙●● ●○○●●○○

雨添深涧泉声活，云卷遥空野色增。

●○⊙●○○● ○●○⊙●●○

漫驻征骖闲坐久，顿开心镜自源澄。

●●○○○●● ⊙○○●●○⊙

【作者简介】潘洪，成化年间任广西布政使司按察副使，右参议。

【简评】把都峤山的佛景由盛转衰的情况准确地表达出来，颈联尤佳。

舟行望都峤山

李永茂

狼歌震起渔舟梦，远嶂亭亭展画屏。

○○●●○○⊙ ●●○○●●⊙

古洞云缄天闭口，层峦雨霁树垂青。

●●○○○●● ○○●●●○○

莺声笑我今年老，花气扑人旧日馨。

○○●●○○● ○●●○●●○

久欲逃名名不灭，空将吏隐托山灵。

●●○○○⊙● ⊙⊙●●●○○

【作者简介】李永茂，明桂王时兵部尚书，避地容县，常栖都峤山。

【简评】此诗起、承、转、合深得章法。先由时世叙起，后承以山色，颔联有声有色，颈联甚妙，转结到身负重任，归隐无门，更从侧面写出都峤山之美。

清代诗作

登经略台怀古

冯震东

乱峰环抱古容州，节制平蛮拥上游。
● ○ ○ ● ● ○ ○　● ● ○ ○ ● ● ○
勋绩更谁传史册，孤台犹自枕江流。
○ ● ⊙ ○ ⊙ ● ●　○ ○ ⊙ ● ● ○ ○
山中松树千年老，亭外莲花八月秋。
○ ⊙ ○ ● ○ ○ ●　○ ● ○ ○ ● ● ○
况有文章留胜迹，何须裘带侈通侯。
● ● ○ ○ ⊙ ⊙ ●　○ ○ ○ ● ● ○ ○

【作者简介】冯震东，道光年间容县县署知县事。

【简评】此诗歌颂元结的政绩，借“台”抒意，颈联尤妙。

经略台怀古次李永茂尚书韵

封荩英

旷代文人命世才，南天节制百蛮开。
● ● ○ ○ ● ● ○　○ ○ ● ● ● ○ ○
千秋勋业留残碣，几度登临话劫灰。
○ ○ ○ ● ⊙ ○ ●　● ● ○ ⊙ ● ● ○
城上西风寒角动，江头落日暮潮哀。
○ ● ○ ○ ○ ● ●　○ ○ ● ● ● ○ ○
荒凉举目山河异，不但兴亡事可猜。
○ ○ ● ● ○ ○ ●　⊙ ● ⊙ ○ ● ● ○

【作者简介】封荩英，石岭人，进士。

【简评】次韵亦称步韵，是按次序使用原作的韵脚。颈联尤其生动。

经略台怀元结

植廷纪

元戎节钺忆当年，经略勋名炳简编。

○○●●●⊙○ ⊙●○○●●○

伟绩至今昭日月，高台终古拂云烟。

●●●○⊙●● ○○○●●○○

万松亭北来樵唱，五筦城南泊钓船。

●○○●○○● ●●○○●●○

白日登楼惟一醉，不堪追念祖生鞭。

●●○○○●● ⊙○○●⊙○○

【作者简介】植廷纪，容县人，康熙五十九年(1720)举人。

【简评】三、四句紧扣题旨。“祖生鞭”，指刘琨胸怀大志，以祖逖为榜样，最终成就大业的故事，后遂用“祖生鞭”表示勉人努力进取。亦作“祖逖鞭”。

晚登经略台

李守仁

古人前不见，经略溯当年。

●○○⊙● ⊙●●○○

独有高台迹，犹存绣水边。

●●○○● ⊙○●●○

山光衔落日，树色带秋烟。
○○○●● ●●●○○
极目川原晚，登临思渺然。
●●○○● ○⊙⊙●○

【作者简介】李守仁，容县人，清咸丰同治年间举人。
【简评】颔联尤美，颈联两句意思相连且对仗，称流水对。

游北洞娑婆岩夜望次韵

王宸

南山游遍北山游，两洞风光漾素秋。
○○○●●○○ ●●○○●●○
低拥千峰青照眼，高悬一月白当头。
○●○○○●● ○○●●●⊙○
空中长啸虚岩响，醉里联吟险韵修。
⊙⊙⊙●○○● ●●○⊙●●○
同坐碧云深处望，鸡声下界报声筹。
○●●○⊙●⊙ ○○●●●○○

【作者简介】王宸，咸丰六年(1856)贡生，著有《献梅诗草》。
【简评】景象描绘得很生动，“修”字堪称诗眼。

过峤座刘氏庄

王宸

绿树青山下，回塘曲径中。几家烟蔼蔼，长夏雨蒙蒙。
●●○○● ○○●●○ ●○○●● ○●●○○
栗里人称隐，桃源路可通。我来原不速，杯酒意无穷。
●●○○● ○○●●⊙ ●○○●● ○●●○○

【简评】用白描手法写出当时县底康塘村峤座刘氏庄的景色，把它比喻为陶渊明的居所，更有深意。

早起楼上

覃武保

风雨夜未尽，江边望不迷。
○●●●● ○○⊙⊙○
野田千亩水，古巷一声鸡。
●○○●● ●●●○○
溪外残星落，云中远树低。
○●○○● ○⊙●●○
凄清无限意，消受竹楼西。
○○○●● ○●●○○

【作者简介】覃武保，周口村人，嘉庆丙子科解元。

【简评】“夜未尽”“一声鸡”“残星”“消受竹楼西”都紧扣“早起”。

读书台

覃武保

巍然屹立是书台，曾忆仙人诵读来。
○○●●●○○ ○●○○●●○
五夜光随江月出，一声韵逐浦烟开。
●●○○○●● ●○●●●○○
猿啼落日空林转，鹤唳晴云碧宇回。
○○●●⊙○● ●●○○●●⊙
福地至今留胜迹，弦歌继起蔚英才。
●●●○⊙⊙● ○○●●●○○

【简评】对容县绣江边读书台的民间传说加以诗化，颈联描写如临其境、如闻其声。

题柳

封豫

尽将风景付芳年，晓日江城万树烟。
● ⊙ ○ ● ● ○ ○　● ● ○ ○ ● ● ○
何用流莺催底急，绿荫成后乱吹绵。
○ ● ○ ○ ○ ● ●　● ○ ○ ● ● ⊙ ○

【作者简介】封豫，灵山乡人，与王维新、覃武保合称为“都峤三子”。
【简评】“万树烟”和“绿荫成后乱吹绵”，生动描写了不同时期“柳”的形态。

采桑子·偕覃爱吾游都峤

王维新

平生坐窟惟都峤，别后常怀。久后仍回，桃花洞口只管开。
○ ○ ● ● ○ ○ ⊙　● ● ○ ○　● ● ○ ⊙　● ● ○ ○ ● ● ○
刘晨阮肇情无异，为道香腮。莫讶凡才，勾引何人到此来？
○ ○ ⊙ ● ○ ○ ●　⊙ ● ○ ○　● ● ○ ○　○ ● ○ ○ ● ● ○

【作者简介】王维新，石寨人，嘉庆十五年(1810)举人，曾任泗城府教授。
【简评】第四句的“桃花”引出刘晨、阮肇入天台的神话故事，借喻二人游山。

宿娑婆岩

王维新

去天方尺五，扫石且盘桓。
● ○ ○ ● ●　● ● ⊙ ○ ○
竹月侵杯小，松风入笛寒。
● ● ○ ○ ●　○ ○ ● ● ○
催衣清磬早，留梦白云残。
○ ⊙ ○ ● ●　⊙ ⊙ ● ○ ○
斗觉江河晓，沧桑著眼看。
● ● ○ ○ ●　○ ○ ● ● ⊙

【简评】本诗具有浪漫主义色彩，第一句和第三句运用夸张的手法描述了娑婆岩之高秀。

都峤山

王维新

古洞清风昼漏长，天分七十二璇房。
● ● ○ ○ ● ● ⊙　○ ⊙ ● ● ● ○ ○
鹿眠蒲涧苔纹净，鱼恋丹溪石髓香。
● ○ ○ ● ○ ○ ●　○ ● ○ ○ ● ● ○
正侧峰形图莫尽，阴晴山态变无常。
⊙ ● ○ ○ ○ ● ●　○ ○ ○ ● ● ○ ○
乾和片石云霞护，驻景真宜向上方。
○ ⊙ ● ● ○ ○ ●　● ● ○ ○ ● ● ○

【简评】颔联把都峤山涧、溪两水刻画得细致入微，颈联有苏东坡庐山诗味。

容笕怀古

王维新

岭南五笕容居一，忆昔开元全盛日。
●○●●○○○ ●○○○○⊙●
三仙山绕大容尊，二派江从渭龙出。
○○○●●○○ ●●○○●○○
治从元结与韦丹，人历苏髯与秦七。
●○○○●○○ ○●○○●○○
即取封疆细扬摧，一十四州领无失。
○●○○●○○ ○○●○●○○
外城筑遏黄洞蛮，宁远军声归纪律。
●○●●○●○ ⊙●○○○●●
丈三巍碑出大云，卢藏用书空八分。
●○○○○●○ ○⊙●○⊙○⊙
惟有贞元钟尚在，铭记三千五百斤。
○●○○○●● ○●○○●●○
绿珠玉笛浑难闻，秦女银筝绝无韵。
●○●○○⊙○ ○●○○○○●
竹绕真妃尚有村，珠还合浦当随运。
○●○○●●○ ○○⊙●⊙○●
州集凤兮潭蛰龙，山川秀气不时钟。
○○●○○○○ ○○●●●○○
但使文章可名世，中州江右亦吾宗。
●●○○●○● ⊙○○●●○○
茫茫气数真难省，世隔千年犹未醒。
○○●●○⊙● ●○○○○●●
思贤堂外有高台，且倚危栏观远景。
○○○●●○○ ●●○○⊙●●

登都峤山

马鼎梅

使君腰脚健腾空，绝顶攀跻兴不穷。
● ○ ○ ● ● ○ ⊙ ● ● ○ ○ ⊙ ⊙ ○
峭壁千寻撑地肺，长松万壑醉天风。
● ● ○ ○ ○ ● ● ⊙ ○ ● ● ● ○ ○
摄官漫拟如王粲，采药犹堪继葛洪。
● ○ ⊙ ● ⊙ ⊙ ● ● ● ⊙ ○ ● ● ○
便欲移家丹灶住，与君长作主人翁。
⊙ ● ○ ○ ○ ● ● ● ○ ⊙ ● ● ○ ○

【作者简介】马鼎梅，清朝进士，嘉庆十七年(1812)容县知县。

【简评】写出诗人登山所见及心理状态，颔联有特色，后用典故，述其心志。

游都峤山

苏时学

匆匆佳节负重阳，过此登临兴倍长。
○ ○ ○ ● ● ⊙ ○ ⊙ ● ○ ⊙ ⊙ ● ⊙
不见黄花见白雪，满天吹散木樨香。
⊙ ● ○ ○ ● ⊙ ● ● ○ ⊙ ● ● ○ ○

【作者简介】苏时学，藤县人，道光年间举人，民国学者，陈柱将其与王维新等列入“粤西十四家”。

【简评】“木樨”即“桂花”，“白雪”应是对“桂花”形状的比喻。

宿宝盖岩

佚名

峤山胜景足堪评，万壑苍松激籁声。
⊙○⊙●●○⊙ ●●⊙○●●○
更深掼觉闲不寐，喜听泉石两相争。
⊙⊙●●○⊙● ●⊙○●●⊙○

【简评】最妙是“两相争”三字，第三句出律。佚名，是遗失了原作者的姓名。

涧岩题壁

陈荣撰

涧水岩花秀气钟，清幽石室挂堂中。
●●○○●●○ ○○●●●○⊙
余游胜景知多少，也算此间第一峰。
○○⊙●○○● ●●●⊙●●○

【作者简介】陈荣撰，题壁诗后有跋：陈荣撰于光绪丙申年仲秋之三日。此人文献不详，也可能姓名是陈荣。
【简评】巧妙地把“涧”“岩”两字嵌进诗中。

登中宫岩

游继芳

马鞍峰外得中峰，岩穴幽奇蹑屐从。
●○○●●⊙○ ○●○○●●⊙

千里河山归阌牖，半空云目荡心胸。

○ ● ○ ○ ○ ● ●　● ⊙ ○ ● ● ○ ○

岩崖剩有仙人药，别壑难寻道士踪。

○ ○ ● ● ○ ○ ●　● ● ⊙ ○ ● ● ○

寄语天涯名利客，五更听取上方钟。

● ● ○ ○ ○ ● ●　● ⊙ ⊙ ● ● ○ ○

【作者简介】游继芳，容县人，清末贡生。

【简评】“千里河山归阌牖，半空云目荡心胸。”这是何等气概！结尾有禅意。

仙人桥

邵玉清

石桥高挂翠微峰，仙去犹留屐齿踪。

● ○ ○ ● ● ○ ○　○ ● ⊙ ⊙ ● ● ○

莫遣飞花到人世，溪流长咽白云封。

● ● ○ ○ ● ○ ●　○ ○ ⊙ ⊙ ⊙ ○ ○

【作者简介】邵玉清，清朝人，与此诗同见还有《初游都峤登娑婆岩》。

【简评】转、结两句很美。

山行口号

封祝唐

万叠云岚一径斜，晚雷声里殷轻车。

● ● ○ ○ ● ● ○　● ○ ○ ● ⊙ ⊙ ○

空山日夕无人迹，开遍悬崖枸杞花。

⊙○●●○○● ○●○○⊙●○

【作者简介】封祝唐，石岭人，清末进士，著有《味腴轩诗集》。

【简评】写得空灵、动人。

三游都峤

王仁

一月犹未尽，携壶又入山。

●●⊙●● ○○●●○

都峤风景好，惟悯世道艰。

○⊙○●● ○●●●○

盗旱水频劫，强兵民未闲。

●●●○● ⊙○○●○

深情难自遣，忽与佛相欢。

⊙○⊙●⊙ ●⊙●⊙○

【作者简介】王仁，石寨人，王宸大兄。

【简评】此诗如诗史，记载了当时世道，益助后人。平仄多不合律处，当古风读。

次韵王仁先生原韵

李恺彦

羡君抱负已多年，救世无权学醉颠。

●○●●●○○ ●●○○●●○

慷慨强挑廊庙志，逍遥聊效竹林贤。

●●⊙⊙○●● ○○○●●○○

爰来古洞期仙会，免得今生与俗连。

○○●●○○●　●●○○⊙●○

剪烛夜谈愁顿解，共将樽酒乐壶天。

●●●○○●●　⊙⊙○●●○○

【作者简介】李恺彦，容县竹坡人，应与王仁同一时代。

【简评】此诗题于宝盖岩墙壁，写得超凡脱俗。

近现代诗作

山居古镜

佚名

（一）

山居古镜照埃尘，今日得之气象新。

○○●●●○○　○●●○●●○

痕垢净除光始见，分明面见本来人。

○●●⊙○●●　⊙○●●●○○

【简评】结句富含哲理。

（二）

山居一味菜根向，物处闲人岁月长。

○○●●●○●　●●○○●●⊙

逐日挨来牵补过，明朝世界定清凉。

●●○○⊙●⊙　○○●●●○○

【简评】同第一首诗，道出人间真谛。

游南山

李耀枬

大小群山墨点成，芒鞋践处白云生。
●●○○●●○　○○●●●○○
分明一幅元章画，放我凡身入画行。
⊙○●●○○●　●●○○●●⊙

【作者简介】李耀枬，民国时期容县著名诗人。
【简评】诗中有画，画中有诗。

玉楼春·1949年别香港赴北京

黄绍竑

笙歌未许扃朱户，淡绿深红灯下树。
○○●●○○●　●●⊙○○●●
清秋将半未生凉，犹隔斜阳山外雨。
○○⊙●●○○　⊙●○○○●●
笛声弄断香江路，帆影白鸥漂泊处。
●○●●○○●　⊙●●○○●●
海天明月最关情，深夜照人明里去。
●○○●●○○　⊙●●○○●●

【作者简介】黄绍竑，黎村珊萃人，抗日上将，全国人大常委。
【简评】此词是黄绍竑的代表作。写景表达思想情感，结意分明。

题勾漏洞

黄旭初

偶来北邑访仙迹，指点名山廿二重。
● ○ ● ● ● ○ ●　● ● ○ ○ ● ● ⊙
觅得丹砂仙吏去，夕阳芳草一声钟。
● ● ○ ○ ○ ● ●　● ○ ○ ● ● ○ ○

【作者简介】黄旭初，杨村镇东华人，抗日上将，1949 年寓居香港。曾就读于容县中学前身——容县师范学堂。

【简评】诗之妙处，含不尽之意于言外。“一声钟”三字，余音袅袅。

护法北伐出潇湘

夏威

潇水盈盈月，湘江习习风。
○ ● ○ ○ ●　○ ○ ● ● ○
潇湘风月好，遥举一杯空。
○ ○ ○ ● ●　○ ● ● ○ ⊙

【作者简介】夏威，沙田人，抗日上将，1949 年赴海南岛，1950 年香港定居。

【简评】一、二句采用对仗修辞，增加了诗味。

突围

李本一

富阳血战突重围，眼看同胞血肉飞。
● ○ ● ● ● ⊙ ○　● ⊙ ○ ○ ● ● ○

万马奔腾无去路，钱塘江上几人回？

● ● ○ ○ ○ ● ● ⊙ ○ ○ ● ● ○ ⊙

【作者简介】李本一，杨村镇坡亮人，抗日中将。

【简评】此诗是李将军回忆去解救被日军包围的一支军队而作，把战场之惨烈情景以及士官视死如归的英勇气概刻画得有声有色。

防守桂林脱险后有感

韦云淞

榕垣脱险渡榕江，故将回思泪两行。

○ ○ ● ● ● ○ ○ ● ⊙ ⊙ ⊙ ● ● ⊙

从古孤城难固守，即今将士半伤亡。

⊙ ● ○ ○ ⊙ ● ● ● ○ ⊙ ● ● ○ ○

有情漓水长呜咽，无语群山愧恐惶。

● ○ ○ ● ⊙ ○ ⊙ ○ ● ○ ○ ● ● ○

寄语忠贞莫遗憾，一篇战史最荣光。

● ● ○ ○ ● ⊙ ● ● ○ ● ● ● ○ ○

【作者简介】韦云淞，松山人，抗日中将，1949年寓居香港。

【简评】本诗为桂林防卫战诗史，有景有情，以向上豪语作结。

和韦云淞《防守桂林脱险后有感》

马晓军

腥膻流毒遍河江，拔剑歌风泣数行。

○ ○ ○ ● ● ○ ○ ● ● ○ ○ ● ● ⊙

管氏功成三北后，从来祸首必天亡。

● ⊙ ○ ○ ⊙ ● ● ⊙ ○ ● ● ● ○ ○

鼙鼓中原思将帅，海洋群丑正悽惶。

○●⊙○⊙⊙● ●○○●⊙○○

男儿自有好身手，日月重看此际光。

○○●●●○● ●●⊙⊙●●○

【作者简介】马晓军，松山镇慈堂村人，抗日中将，1949年到台湾。

【简评】用了多个典故来表达主题思想，且是步韵和诗，实属不易。中间两联未成对仗，是此诗缺陷。四、五句未粘，是律诗的一种“折腰体”。

次韵和于右任先生《天净沙》

陈雄

残山几点寒鸦，嗟来食自谁家？六印路旁瘦马，江河日下，凄凉暗淡生涯？

○○●●○○ ○○●●○○ ●●●○●● ○○● ● ○○●●○○

【作者简介】陈雄，县底镇冠堂人，抗日中将，1950年从香港回到大陆，任广西省参事室主任和省政协委员。

【简评】此小曲类似词中的小令，景情互动。“六印”许是地名“六荫”。

夜间山洪

马拔萃

来自千山会此行，奔腾倒泻赴长征。

○●○○●●⊙ ○○●●●⊙○

前锋直接扶桑岛，淹尽倭奴洗甲兵。

○○●●○○● ⊙●○○●●○

【作者简介】马拔萃，十里镇大坡村人，抗日中将，1949年寓居香港。
【简评】运用比喻和夸张修辞手法写出抗日决心和气势。

登城南山顶

封鹤君

边城四月草初齐，揽辔高原信马蹄。
○○●●●○⊙ ●●○○●●○
行到峰头天咫尺，始知身在大荒西。
⊙●○○○●● ●○○●●○○

【作者简介】封鹤君，杨梅镇石岭村人，清光绪二十六年（1900）辛丑科举人，著有《鹤君诗文集》。
【简评】运用夸张手法，三、四句别致有味。

但得

封鹤君

但得忘饥渴，何劳与世争。竹修风自舞，浪过水仍平。
●●⊙○● ○⊙⊙●○ ●○○●● ⊙⊙●○○
时鸟朝朝乐，山花处处生。晴窗留好梦，心迹本来清。
○●○○● ○○●●○ ○○⊙●⊙ ○●●○○

【简评】首联用反语，颔联、颈联用具体的形象进一步承接发挥，尾联第七句一转，点明是“好梦”，第八句作结，清新、自然。

赏雨

封鹤君

万顷陂塘一望中，小河新涨鲤鱼红。

● ⊙ ⊙ ○ ● ⊙ ⊙　● ○ ○ ● ● ○ ○

兴来不厌春泥滑，收拾溪山入钓筒。

⊙ ○ ⊙ ● ○ ⊙ ●　⊙ ● ○ ○ ● ● ○

【简评】结句尤妙，以小见大。

赴日留学

刘崛

隆中对策卧龙娴，跃动雄心学海艰。

○ ⊙ ● ● ● ⊙ ○　● ● ○ ○ ● ● ○

埋骨何须归故土，人生无处不青山。

○ ● ○ ○ ○ ● ●　○ ○ ○ ● ⊙ ○ ○

【作者简介】刘崛，县底镇康塘村人，1905 年加入同盟会。1949 年任广西政协委员，文史馆馆员。

【简评】转、结两句富有号召力，许多类似的句子后来常见。

电灯

盘珠祁

从无朘削共脂膏，磊落光明胆气豪。

⊙ ○ ○ ● ⊙ ○ ⊙　⊙ ● ○ ○ ● ● ○

赖有心肠常皎洁，不曾察物失秋毫。

● ● ○ ○ ○ ● ●　⊙ ○ ● ● ● ○ ○

注："朘削"，即剥削。

【作者简介】盘珠祁，灵山镇六图村人，曾任广西大学校长。

【简评】好的咏物诗的特点是不脱离物性，但又要体现出一种精神，使读者如看到人的形象。

1947年容藤暴动后写于都结

黄末若

革命行藏俱险事，陆川夜遁更兼程。

●●⊙⊙○●● ●○●●⊙⊙○

无意获归黎民宅，有心绕过容州城。

○●●○○○● ●○●⊙○○○

壮志可怜成昨梦，残年唯有是春耕。

●●●○○●⊙ ○○○●●○○

西窗忽听空皆雨，独对青灯鸣不平。

○○●⊙⊙○● ●●○○○⊙○

【作者简介】黄末若，县底镇靖北村人，曾留学苏联，1950年后任广西政协常委。

【简评】开头四句直叙过程，颈联总结精练、对仗工整，尾联赋以形象，出人意料，意味深长。

香江对酒

黄末若

红上枝头客望春，江南愁绝满朝人。

○●○○●⊙○ ○○○●●○○

英雄见迹伤开眼，狂士知悭竞动唇。

○○●●○○● ○●○○●●○

只许慎言防鹦鹉，那堪绝笔为麒麟。
● ● ● ○ ⊙ ○ ●　⊙ ○ ● ● ⊙ ○ ○
投鞭慷慨男儿志，讨贼攘夷莫顾身。
○ ○ ● ● ○ ○ ●　● ● ⊙ ○ ● ● ○

【简评】怀着抗日报国之心，先写“春景”，后言“愁绝”，逐层抒发。

登临容笕经略台偶吟

徐松石

郊原极目丽金瓯，难得青螺八点浮。
○ ○ ● ● ⊙ ○ ○　⊙ ● ○ ○ ● ● ○
负郭名山夸一岳，入檐佳色话三秋。
● ● ○ ○ ○ ● ●　● ○ ○ ● ● ⊙ ○
英雄功绩台南峙，迁客羁情水北流。
○ ○ ○ ● ○ ○ ●　○ ● ○ ○ ● ● ○
自古地灵人物好，此方风景实清幽。
● ● ● ○ ○ ● ●　● ○ ○ ● ● ○ ○

【作者简介】徐松石，浪水镇白饭村人，美籍学者，著名历史学家。
【简评】“负郭名山夸一岳，入檐佳色话三秋。”此联刻画尤其生动。

忆秦娥

罗绍韩

邕江水，滔滔东去忘年岁，忘年岁。绿荫深处，是征人泪。
○ ○ ●　○ ○ ○ ● ⊙ ○ ●　⊙ ○ ●　● ○ ⊙ ●　● ○ ○ ●
津头红树垂烟穗，婆娑浓叶今憔悴，今憔悴。频敲鼙鼓，
○ ○ ○ ● ○ ○ ●　○ ⊙ ○ ● ○ ○ ●　○ ○ ●　○ ⊙ ○ ●

几家安睡？

● ○ ○ ●

【作者简介】罗绍韩，曾任容中教师，此词载于《八桂四百年诗词选》1347页。

【简评】在一定历史条件下，写景状情，往事不堪回首。

庐山忆游

梁爱唐

曾踏匡庐五老峰，难从面目见真容。

○ ● ○ ○ ● ● ○ ⊙ ⊙ ● ● ● ○ ○

天池风细浮明月，牯岭云深压夜钟。

○ ○ ○ ● ○ ○ ● ● ● ○ ⊙ ● ● ○

栗里陶潜留醉石，朱熹鹿洞剩长松。

● ● ○ ⊙ ⊙ ● ● ○ ○ ● ● ● ⊙ ○

湖波不负周郎业，横锁江流铁索镕。

○ ○ ⊙ ● ○ ○ ● ⊙ ● ○ ○ ● ● ○

【作者简介】梁爱唐，县底镇金村人，曾任容中教师。

【简评】“庐山”在特定时期，是个敏感字眼。此是修改稿，但和原稿一样，颔联写代表性风景，颈联写代表性人物，对仗工整。

送别

梁爱唐

握手长亭泪满衣，疏林无力挂斜晖。

● ● ⊙ ○ ● ● ⊙ ⊙ ○ ○ ● ● ○ ○

芦花不解离肠恨，更逐西风扑地飞。
○○⊙●○○● ⊙●○○●●○

【简评】起、承句已着力描绘了送别之悲，转、结句更怨到无人性的“芦花”，看似无理，实则有理。

咏梅

梁爱唐

岭上一枝春，香从雪里闻。
●●●○○ ○⊙●●⊙
淡妆沾晓露，吟瘦写诗人。
●○⊙●● ⊙●●○○

【简评】最妙是一个“瘦”字。

容县贵妃梳妆台

韦湘秋

杨妃少时几多乖，含恨梳妆上锦台。
○○●○●○○ ○●○○●●○
血卖长安成帝宠，泪沾斑竹恋新怀。
●●⊙○○●● ●⊙○●●○○
阿蛮有语黄泉怨，善女无辜红粉哀。
○○●●○○⊙ ●●○○○●○
今日绣江多秀丽，岭南佳果更传佳。
○●●○○●⊙ ●○○●⊙⊙○

【作者简介】韦湘秋，早年在容县读书，广西师范学院教授，著有《广西百代诗踪》等书。

【简评】“血卖长安成帝宠，泪沾斑竹恋新怀。”一联十四字概括了杨贵妃的一生，高度凝练。

容县解放，别象州中平回乡咏怀

王基森

其一

喜吾从此得扬眉，东望乡园信步归。
● ○ ⊙ ● ● ○ ○ ○ ⊙ ○ ○ ● ● ○
暴政独裁悲往日，翻身解放庆回时。
● ● ● ⊙ ○ ● ● ○ ○ ● ● ⊙ ⊙ ○
迎头事业追应早，转眼青春悔已迟。
⊙ ○ ● ● ○ ⊙ ● ● ● ○ ○ ● ● ⊙
万众当家今作主，神州处处任驱驰。
● ● ⊙ ○ ○ ● ● ○ ○ ● ● ⊙ ⊙ ○

【作者简介】王基森，县底镇古例村人，曾参加黄未若的地下斗争，曾任容中、容高地理教师，退休后，与容县众诗友共编了十本诗集。

【简评】起手不凡，喜悦之情溢于言表。

其二

数曲清歌乐倍常，安然有幸返家乡。
● ● ○ ○ ● ● ○ ○ ○ ● ● ● ○ ○
遍寻故旧愁何在？共庆新生喜欲狂。
● ○ ● ● ○ ○ ● ⊙ ⊙ ○ ○ ● ● ○
三载飘零催鬓改，一朝解放使眉扬。
⊙ ● ○ ○ ○ ● ● ● ○ ● ● ● ○ ○
亲朋倘问当年事，险死儿夭苦备尝。
⊙ ○ ⊙ ● ⊙ ○ ● ● ● ○ ⊙ ● ● ○

【简评】“三载飘零催鬓改，一朝解放使眉扬。”工整之联，使全诗增色。

其三

三年逃难究如何？虽苦犹甘眨眼过。
⊙○○⊙●⊙○　○●⊙○●●⊙
战胜夺佃横惹忌，饱经迫害任凭磨。
●⊙●⊙⊙●●　●⊙●●⊙○⊙
为求解放寻同调，不怕飘零更作歌。
⊙○●●○○⊙　⊙●○○⊙●○
大众翻身当次日，普天霖雨福来多。
●●○○⊙●●　●○○●●○○

注：同调，指我与陈协五、黄末若交上朋友，并到都峤中学任教。（1949 年 12 月）

【简评】“普天霖雨福来多”为好结句、好比喻。

端午节抒怀

韦福豪

端阳汨水泣悲风，屈子精神万古崇。
○○●●●○○　●●○○●●○
人吊忠魂鸣俗炮，我吟豪句托蛟龙。
○●○○○●⊙　●⊙○⊙●○⊙

【作者简介】韦福豪，松山镇人，松山中学教师，退休后积极参加容州诗社活动直至逝世。著有《嘤鸣集》。

【简评】结句十分豪气。

咏春笋

冯绍明

破切冰凌板结封，青云直上志无穷。
● ● ○ ○ ● ● ⊙　○ ○ ● ● ● ○ ○
秾华不屑李桃态，蓬勃千竿伴翠松。
○ ⊙ ⊙ ● ● ○ ●　○ ● ○ ○ ● ● ○

【作者简介】冯绍明，容州镇大明村人，生前任职于容县劳动保险所。曾为容州诗社秘书长，自费编辑两集《容州历代诗词选》，著作有《泉韵集》。

【简评】形象表现出一种积极向上的精神。

园丁吟

甘鸣皋

满园桃李嫩芽舒，终日耕耘意自如。
● ○ ○ ● ● ○ ○　○ ● ○ ○ ● ● ⊙
问我行囊何所有？一肩行李半肩书。
● ● ⊙ ○ ○ ● ●　● ○ ⊙ ● ● ○ ○

【作者简介】甘鸣皋，大榄村人，著名医生，甘桂钦之父。

【简评】结句准确刻画了“培桃育李”“讲台躬耕”的知识分子形象。

病树

周袒旦

门前一树看婆娑,败叶残枝月影疏。
○ ○ ● ● ⊙ ○ ⊙　● ● ○ ○ ● ● ⊙
盘地有根多冗肿,参天无势失嵯峨。
○ ● ● ○ ○ ● ●　⊙ ○ ○ ● ● ○ ⊙
将军已为飘零去,石匠缘何次第过?
⊙ ○ ● ⊙ ○ ○ ●　● ● ⊙ ○ ● ● ⊙
莫向桂山高处望,眨睚魑魅满岩阿。
● ● ● ○ ○ ● ●　● ○ ○ ● ● ○ ○

【作者简介】周袒旦,灵山镇六图村人,曾任容中校长。

【简评】咏物诗,比喻深刻。

阳台菊花盛开

朱廷秀

叠叠阳台尽菊花,和风吹拂映朝霞。
● ● ○ ○ ● ● ○　⊙ ○ ⊙ ● ● ○ ○
可怜生在尘嚣侧,未入陶潜清静家。
● ○ ○ ● ○ ○ ●　● ● ○ ⊙ ○ ● ○

【作者简介】朱廷秀,容城人,退休后与诗友合编多种图书,任《杨湾河畔》编辑直至逝世。

【简评】深得起、承、转、合章法,转、结句另赋深意。

退休归故里

李蔼蒝

一片故园心，将行又乱衿。

● ● ● ○ ○　⊙ ⊙ ● ● ○

仰山情不止，回目白云深。

● ○ ○ ⊙ ●　⊙ ● ● ○ ⊙

【作者简介】李蔼蒝，容州镇厢西村人。

【简评】二、三、四句中回归故里的释然之心跃然纸上。

浪水即景

徐祖椿

青山幽壑泽边排，卅里烟波入壮怀。

○ ○ ○ ● ● ○ ○　● ● ○ ○ ● ● ○

晓日珠明鱼跃浪，柚花香里蝶纷来。

● ● ○ ○ ○ ● ⊙　● ○ ○ ● ● ○ ○

【作者简介】徐祖椿，浪水乡白饭村人，曾任自良中学教师。

【简评】三、四句高度概括，写景生动。

咏竹

秦宗建

饱历风霜苦，年高节更坚。

● ● ○ ○ ●　○ ○ ● ⊙ ○

板桥偏解意，写向石头边。

● ○ ○ ● ●　● ● ● ○ ○

【作者简介】秦宗建，灵山镇仁勇村人，曾供职于县中医研究所。

【简评】此咏物诗写得很准确、生动，运用郑板桥画竹典故作衬托。

赞雄鹰

梁镇生

嘴利爪坚世所稀，金睛火眼岂为奇。
●●●○●●○ ○⊙●●●⊙○
余闲喜向高崖立，不慕平原草莽栖。
○○●●○○● ⊙●○○●●○

【作者简介】梁镇生，1933年出生，容州镇大榄村人。为大榄小学教师，晚年积极参加诗社活动。

【简评】起、承句生动刻画“雄鹰”外形特征，转、结句转向精神寄托。

乐郊（1981年）

周任寰

春山翠滴淡云生，水涨陂塘与岸平。
○○●●●○○ ●●⊙○⊙●○
绿野香飘花弄蝶，碧林日暖树啼莺。
●●○○○●● ●○●⊙●○○
烟村早寂催耕铎，陇亩频传叱犊声。
○○●●○○● ●●○⊙●●○
芳景欣荣萧瑟后，畅怀我自放歌行。
○●○○○●● ●○●●●○⊙

【作者简介】周任寰，十里镇琼新村人，“周氏三兄弟”中的大哥，曾任《广西诗词》编辑。

【简评】“翠滴”“陂塘”“岸平”，观察细致。中间两联生动工整。

乡思（1963年）

周任寰

岁岁春深听子规，廿年未浣旅尘衣。
●●○⊙⊙●○ ●○●●●○⊙
依稀梦里寻归路，绣水峤山路已迷。
○○⊙●○○● ●●⊙○●●○

【简评】乡思迷归路，还是梦里，其情可想而知。

绣江湖观龙舟

潘大德

绣江潋滟连天碧，一派平湖宝镜开。
●○●●○○● ●●○○●●○
快桨轻舟齐奋发，紧锣密鼓竞相催。
●●⊙○⊙●● ●○●●●⊙○
健儿戮力姿如虎，观众助威势似雷。
●○●●○⊙● ⊙●●○●●○
议论纷纭谁取胜，果然拼搏始争魁。
●⊙○○○●⊙ ●○○●●○○

【作者简介】潘大德，黎村镇人，曾任容州诗社社长。

【简评】写景先远后近，先全面后局部，情景交融。

红豆相思

李第兰

两岸红豆话相思，妻忆夫兮母忆儿。

●●○●●⊙⊙ ⊙●○○⊙●○

隔海相看难会面，肝肠寸断梦为丝。

●●⊙⊙⊙●● ○○●●⊙⊙○

【作者简介】李第兰，自良同江村人，曾任县教研室主任，因冤案曾逃往海南岛，一生坎坷曲折。

【简评】南国相思生红豆，因唐朝王维诗句而千年闻名，作者将它赋予陆台两岸的特定环境，加强了要表达的气氛。

西江月·湖村借宿

徐声凯

暮色降临原野，敲门借宿湖村。如花雪浪扑窗沿，整夜哗哗不断。

●●⊙⊙○● ⊙○●●○○ ⊙○●⊙●○○ ●● ○○⊙●

几颗残星潜水，一行白鹭飞天。朝霞涌出小渔船，荡起歌声一片。

●●○○⊙● ●⊙●●○○ ○○●●●○○ ●● ○○●●

【作者简介】徐声凯，黎村镇六杨村人，曾任县志办干部，容州诗社主要负责人。

【简评】景色描写很美，“潜水”和“飞天”富有动态，尤其“潜”字，神来之笔。

题瓶中小鱼

徐声凯

江河一别即囚徒，落入区区白玉壶。

○○●●●○○ ●●○○●●○

万顷狂澜成旧梦，半樽死水作新居。

●⊙○⊙○●⊙ ●○●●●○○

消磨往日龙门志，耽误春闺万里书。

○⊙●●⊙○● ○●○○●●○

四面八方皆碰壁，空怜地广与天舒。

●●●○○●● ⊙○●●⊙○○

【简评】此诗作者睹物伤情，回忆起在“文革”那惨痛的岁月里被非法关押的往事，进而呵成全诗，可称是一首难得的时代杰作。

咏竹

——赠罗陆艺

徐声凯

冲开地壳听惊雷，勃勃生机长出来。

○○●●⊙○○ ●●○○⊙●○

顽石污泥俱枉压，枯枝败叶岂能埋。

○●○⊙○●● ○○●●●○○

尖尖利笔舒豪气，节节青春吐壮怀。

○○●●○○● ●●○○●●○

斗雨战风逞傲骨，山隅水畔自成材。

●●●○●●● ○○●●●○○

附：罗陆艺步韵和诗

深山野岭抗风雷，自有壮歌泉涌来。
⊙○●●●○○　●●●○○●○
却耻湘妃将泪洒，喜迎种者植根埋。
●●○○⊙●●　●⊙⊙●●○⊙
笋尖冲出凌霄笔，节硬连成空谷怀。
●○○●○○●　●●○○⊙●○
几度春风桃李嫁，繁花落处有成材。
●●○○○●●　○○●●●○○

【简评】唱和诗均是咏物喻人，各有佳句，相互补充。

当代诗作

与友人言诗

李明杰

由来诗咏表衷情，那得声声颂太平。
○○○●●⊙○　⊙●○○●●○
绿水横流江石阻，心头自有浪花生。
●●⊙○○●●　○○●●⊙○○

【作者简介】李明杰，千秋村人，曾任教导主任、校长等领导职务，现为容县历史文化研究会会长。

【简评】“那得声声颂太平”正是警句，三、四句用江流的形象增加了警句的说服力。

咏菊

李树升

一夜秋风劲，满园浥露香。

●●○○● ●○●●○

凌霜标晚节，金甲护重阳。

○○⊙●● ○●●⊙○

【作者简介】李树升，六王镇金库村人，曾任公社党委书记职务，退休后归家经营水果场。现任玉林诗词学会容县分会常务理事。

【简评】本诗思想性很高，第三句充分表现出来。“秋风”“金甲”正是菊花的传统形象。

夜泛绣湖

李树升

明月印湖波拍天，泛游河汉俨云仙。

○●●○○●○ ⊙○○●●○○

舟行倒映南山上，人在浮光北斗边。

○○●●○○● ○●○○●●○

【简评】“南山”“北斗”“天上人间”，作者把绣湖写活了！

秋色

周孔德

淡淡斜阳照小楼，凭栏举目景清幽。

●●○○●●○ ○○●●●○○

几枝素菊苞将绽，一树荆花蕾已抽。

●○●●○⊙● ●●○○●●○

物候枯荣原有数，人间生老本无愁。

●●○○○●● ○⊙○●●○○

升平盛世长安乐，愿再康宁过几秋。

○○⊙●⊙○● ●●○⊙⊙●○

【作者简介】周孔德，琼新村人，“周家三兄弟”的二哥，原平南农机供应公司干部，退休后定居平南，著作甚丰。

【简评】“物候枯荣原有数，人间生老本无愁。”此联很富哲理，表现作者胸怀豁达。

中秋望月

周孔德

独自登楼看月明，青山如睡听秋声。

○●○○⊙●○ ○○⊙●⊙○○

举头遥望长天净，掬手流光一碧清。

●○○⊙⊙○● ●●○○●●○

对影成双无寂寞，蟾华照我有深情。

●●○○○●● ○⊙●●●⊙○

沉吟且念东坡句，千里婵娟酒可倾。

⊙⊙⊙●○○⊙ ○●○○●●○

【简评】“青山如睡听秋声”一句有独创性。整首诗景情互动，感情充沛，能打动读者心灵。可惜，“对影”的“对”字，如作名词，则“成双”多余，如似李白诗“对影成三人”作动词，则颔联对仗不工，而律诗最讲究颔、颈联的对仗。

望峤山

韦荫炎

昂首山前看入神，雾云塑景景常新。
○●○○⊙●○ ●○●●●○○
奇观列障迷千眼，我亦丹青境里人。
○⊙●⊙○○● ●●○○●●○

【作者简介】韦荫炎，退休前任容县人大常委会副主任。
【简评】结句把人带进诗中有画、画中有诗的优美境界。

参观容中诗廊有作

韦荫炎

百载黉宫日日新，诗廊满目是阳春。
●●○○●●○ ○○●●●○○
弘扬国粹承先哲，光大唐风有后人。
●●○○●●○ ○○●●●○○
朵朵鲜花争吐艳，株株老树竞荣臻。
●●⊙○○●● ○○●●●○○
杏坛桃李枝枝秀，孔圣魂知必视巡。
●○○●○○● ●●○○●●○

【简评】“弘扬国粹承先哲，光大唐风有后人。”一联用得很贴切。

丙子题兰

周展鹏

托迹岩阿绽半枝，异香独领众芳菲。

● ● ○ ○ ● ● ○　● ○ ● ● ● ○ ⊙

纤纤秀叶招人爱，楚楚奇葩拒蝶痴。

○ ○ ● ● ○ ○ ●　● ● ○ ○ ● ● ○

耻与魏姚争富贵，敢同梅菊比英姿。

● ⊙ ● ○ ○ ● ●　● ○ ○ ● ⊙ ○ ○

瑶池碧草凡尘落，风骨长堪世俗师！

○ ○ ● ● ○ ○ ●　○ ● ⊙ ○ ● ● ⊙

【作者简介】周展鹏，琼新村人，“周家三兄弟”的三弟，原容县供销社干部，退休后定居容城。

【简评】咏物诗除了描写事物本身特点外，和同类事物对比来写也是较常用且卓有成效的方法。本诗就同“梅”“菊”“牡丹”(即最有名的“姚黄魏紫”)来对比。

堤边翠竹

周展鹏

别却青山寄水边，扶疏枝叶映漪涟。

● ● ○ ○ ● ● ○　○ ⊙ ○ ● ● ○ ○

虚怀容得江风雨，挺立堤围啸碧天。

○ ○ ○ ● ○ ○ ●　● ● ○ ○ ● ● ○

【简评】句句紧扣“堤边”来写，故不是平常之“翠竹”。

养生艺术（藏头诗）

马伟芳

养廉保洁一身心，生活乐观最可钦。
●○●●●○○ ○●●⊙●●○
艺重晨昏多运动，术兼书画或棋琴。
●⊙○○○●● ●⊙○●●○○

【作者简介】马伟芳，石头镇人，作品常见于香港之征联。

【简评】藏头，是把题目各字藏进每句头上的一字中，按顺序，有人也将它称作冠顶。这种诗，受到束缚，写好不容易。本诗稍嫌直白。

鹧鸪天·古阁感怀

李汉荣

绣水潆洄泛小舟，峤峰耸翠映清流。
●●○○⊙●○ ⊙○●●●○○
风飘笑语来幽径，笛伴歌声绕古州。
○○●●○○● ●●○○●●○
穷远目，再登楼，韶华不为少年留。
○●● ●○○ ○⊙⊙⊙●○⊙
凭栏倍觉雄心壮，奋翮应无进退忧。
○○●●○○● ●●⊙○●●○

注："古阁"，指广西容县真武阁。

【作者简介】李汉荣，大榄村人，归侨，现为黑五类集团董事长，广西诗词学会副会长。

【简评】先状景后抒情，"雄心"与"古阁"同在。

鹧鸪天·容中母校感怀

李汉荣

母校重来意畅然，童音悦耳忆当年。
⊙●⊙○●●○　○○●●●⊙○
观花偶共晨莺戏，卧草常同夜露眠。
⊙○●⊙○○⊙　●●○○●●○
敲古韵，慕先贤，杨湾卷浪拍诗肩。
⊙●●　●⊙○　○○⊙⊙●○○
学生多少成英杰？榕树摇头计不全。
●○○●○○●　○●○○●⊙○

注："杨湾"，校旁有河称杨湾河。

【简评】此词最妙处在于不直说，而是运用设问的手法，赋予"榕树"人格化。此外，"浪拍诗肩"，也是精妙所在。

祝贺容县《全国诗词之乡》授匾

李汉荣

一生最爱是家乡，地杰人灵誉远扬。
●○●●●○○　●●○○⊙●○
峤岭仁风常励志，将军侠骨永留香。
⊙●○○○●●　⊙○●●●⊙○
郡存贤哲崇台景，墨泼名楼古阁墙。
●○○●○○●　●●○○●●○
手抚金牌敲雅韵，诗潮澎湃卷龙疆。
●●○○⊙●●　○○○●⊙⊙○

【简评】第三和第六句是"地灵"，第四和第五句是"人杰"，合一分一合，是全诗的脉络，结尾当然要升华一层。

忆江南·学诗联心得

李汉荣

（一）

诗联好，平仄韵娇妍。絮语忌繁宜短论，金言概括胜长篇。人要学诗联。

○○● ○●●⊙○ ●●●○○●⊙ ○○●●⊙⊙ ○ ○⊙●○○

【简评】两个七字句可作写诗方法读。

（二）

诗联好，平仄最分明。偶遇凄凉堪诉苦，常逢喜庆可抒情。动听似歌声。

○○● ○●●⊙○ ●●○○○●● ○○●⊙●● ○ ●⊙●○○

【简评】着重从思想方面总结学诗心得。

喜海峡两岸通邮

——宗侄隆玟在台湾编族谱有感赋

凌扩业

台陆通邮气象新，频飞雪片慰亲人。

○●⊙○●●○ ○○●●●⊙○

彩虹喜架欢声动，两岸花开本一根。

● ⊙ ● ● ○ ○ ●　● ● ○ ○ ● ● ○

【作者简介】凌扩业，现任玉林诗词学会容县分会容州支会会长。

【简评】善用比喻，形象、鲜明。

美丽浪水三首

徐日陞

（一）

诗教逞威荐大儒，锦霞拥抱小康居。

○ ⊙ ● ○ ● ● ○　● ○ ● ● ● ○ ○

闹春燕语声声脆，月色流萤点点珠。

● ○ ⊙ ● ○ ○ ●　● ● ○ ○ ● ● ○

【作者简介】徐日陞，松山镇三合村人，从北流市环保局副局长职位退休，在禄余老家建立瓦坎田诗词山庄。

【简评】三、四句形象鲜明。

（二）

红豆相思美梦和，嫦娥奔月奔长河。

○ ● ⊙ ⊙ ● ⊙ ⊙　○ ○ ● ● ○ ⊙ ○

松石预祝新桃李，雨曲风箫一路歌。

○ ● ● ● ○ ○ ●　● ● ○ ○ ● ● ○

注："长河"，浪水镇一个村名。

【简评】把浪水镇的"红豆"和著名人物徐松石都写上了。

（三）

柚花吐蕊净无尘，十里芳馨弄笔神。

● ○ ● ● ● ○ ○ ○ ● ○ ○ ● ● ○

但愿红菇能煮酒，明年又醉韵中人。

● ● ○ ○ ○ ● ● ○ ○ ● ● ● ⊙ ○

【简评】写了“沙田柚”和“红菇”两种浪水镇特产，第三句有浪漫主义情调。

贺孙女获广西师大录取

冯以农

冯家妹子报佳音，焱焰光芒耀桂林。

○ ○ ● ● ● ○ ○ ● ● ○ ○ ● ● ○

华女黉门凭努力，喜人业绩乐余心。

⊙ ● ○ ○ ○ ● ● ● ○ ● ● ● ○ ○

【作者简介】冯以农，自良镇中平村人，志愿军复员战士，小学特级教师。

【简评】欣喜心情洋溢字里行间。

自良诗友参观岑溪盘古石庙

谢世平

有幸钻山沟，山沟看石头，

● ● ⊙ ○ ○ ○ ○ ⊙ ● ○

石头多妙处，妙处冠神州。

● ○ ○ ● ● ● ● ⊙ ○ ○

【作者简介】谢世平，自良镇司六村人，村医师，现任玉林诗词学会容县分会自良支会副会长。

【简评】顶真，也作顶针，饶有风趣。

容山

甘桂钦

绚丽容山壮宇寰，雄姿高耸碧霄间。

● ⊙ ○ ○ ● ● ○　○ ○ ○ ● ● ○ ⊙

云横绝谷烟弥漫，泉涤深溪水自弹。

○ ⊙ ● ● ○ ⊙ ⊙　○ ● ⊙ ○ ● ● ⊙

雾裹苍松形隐约，光摇古竹色斑斓。

● ● ⊙ ○ ○ ● ●　○ ⊙ ● ● ● ○ ○

登高卸下天门锁，信步蟾宫折桂还。

○ ○ ● ● ○ ○ ●　● ● ○ ○ ⊙ ● ○

【作者简介】甘桂钦，大榄村人，名医甘鸣皋传人，现任玉林诗词学会容县分会副会长兼秘书长。

【简评】中间两联刻画“容山”，十分生动，尤其是“雾裹苍松形隐约”一句。尾联有豪气。

母亲

甘桂钦

一台稚子半红花，茹苦含辛养育他。

● ○ ● ● ● ○ ○　⊙ ● ○ ○ ● ● ○

卅载操劳玉指破，四时忙碌柳腰麻。

● ● ⊙ ⊙ ● ● ●　● ○ ○ ● ● ○ ○

娇儿连理成自室，爱女于归嫁别家。
⊙○○●○●● ●●○○●●○
兰桂腾芳心已满，何愁发白面无华。
○●○○○●● ○○●●●○⊙

【简评】全诗用白描手法刻画母亲的一生，语多平实，但以情感取胜。

参编《杨湾河畔》八周年感怀

李廷镇

孜孜办刊八周年，结识高朋已逾千。
○○●○●○○ ●●○○●○○
友谊长存增福寿，诗文苦练扩心田。
●●⊙○○●● ○○●●●○○
迁翁著史传风范，“河畔”飘香聚俊贤。
○○●●⊙○● ○●○○●●○
众志成城慷且慨，花添容莞艳长天。
●●○○●⊙● ○○○⊙●⊙○

【作者简介】李廷镇，平坡村人，现任《杨湾河畔》编辑。
【简评】结句用了比喻，便觉前面的平铺直叙有了诗味。

旁听中国《太空第一课》有感

李廷镇

神十飞天去复还，功成万众乐心间。
○●○○●●○ ○○●●●○⊙
黉宫喜见登仙境，学子惊呼上大班。
○○●●○○● ●●○○●●○

且睹陀螺旋作箭，尤观水滴聚为湾。
⊙ ● ○ ○ ⊙ ● ●　○ ⊙ ● ● ● ⊙ ○
增添智慧开新宇，培育英才岂等闲。
○ ○ ● ● ○ ○ ●　⊙ ● ○ ○ ● ● ○

【简评】最新题材，中间两联十分醒目。

清明上河图

周美贞

月落弯桥长撸摇，酒旗风摆起笙箫。
● ● ○ ○ ⊙ ● ⊙　● ○ ○ ● ● ○ ○
长街纵错频开市，轿马纷繁急涌潮。
⊙ ○ ⊙ ● ○ ○ ●　⊙ ● ○ ○ ● ● ○
士庶村夫齐攒动，贾商旅客亦逍遥。
● ● ○ ○ ⊙ ○ ●　● ○ ● ● ● ○ ○
清明红杏垂青柳，画卷奇观汴水娇。
○ ○ ○ ● ○ ○ ●　● ⊙ ○ ⊙ ● ● ⊙

【作者简介】周美贞，曾任容中教导处副主任，现为《杨湾河畔》编辑。

【简评】前七句对清明上河图分别刻画，最后一句总结，纷杂而仍能条理分明。但中间两联对仗不算很工整。

巨榕励志

汤明

榕荫巨树百年倚，日励师生竞上游。
○ ○ ● ● ● ○ ○　● ● ⊙ ○ ● ● ○

古阁吟诗添智慧，峤山架笔写春秋。
●●⊙○○●● ⊙○●●●○○
兴华大志鞭扬奋，报国雄心步不休。
⊙⊙●●○○● ●●○○●⊙○
巨构长篇肩重任，校园铺绿起宏猷！
●●⊙○○⊙⊙ ●○⊙●●○○

【作者简介】汤明，容城镇人，容州一中退休教师，现任《杨湾河畔》编辑。

【简评】此诗题为《巨榕励志》，但写“巨榕”甚少，倒是励志的内容占了大部分。第四句本是佳句，但总觉铺垫不足。

游望君山

周茂槐

春风开放满山林，古树新藤悦客心。
○○○●●○○ ●●○○●●○
目赏石奇如漏斗，诗情点滴入胸襟。
●●●○⊙●● ○○●●●○○

【作者简介】周茂槐，金村龙岭农民。

【简评】“漏斗”这一比喻很生动，后面续以“点滴”，形象就更完整了。

果农售秋

谢世盛

霜降时逢柚子黄，农家一片闹嚷嚷。
○⊙○○●●○ ○○○●●⊙⊙

迎商摩托村前转，购果汽车门外装。

◎○○●○○●　●●●○○●○

主客真情销路远，弟兄融洽杀鸡忙。

●●○○○●●　●○○●●○○

席间敬酒笑何语，醉驾财神入正堂。

●◎●●●○●　●●○○●◎○

【作者简介】谢世盛，自良镇中平村柚农。

【简评】诗句用的都是果农家常用的语言，正因来源于生活，所以亲近、贴切。

赠自良北山景区

梁应权

腾云驾雾似神仙，遥对天桥天烛燃。

○○●●●○○　○●○○○●○

仙女天桥思转世，北山美景最嫣妍。

○●○○◎●●　●○●●●○○

【作者简介】梁应权，县底镇河儿村人，留美博士。

【简评】本诗运用浪漫主义手法，题赠自良北山景区（现叫自良硃砂瀑布景区）。即席题赠，稍显粗糙。

自良绣江行

冯定苏

盛世相逢喜笑盈，百名稀客绣江情。

◎●◎○●●○　●○○●●○○

彩云片片点头过，绿竹行行牵手迎。
● ○ ● ● ● ○ ⊙　● ● ⊙ ⊙ ⊙ ● ⊙
碧水清涟开笑靥，游船美景漫歌声。
● ● ○ ○ ○ ● ●　○ ○ ● ● ⊙ ○ ○
时人但得长相聚，玩水游山享太平。
○ ○ ● ● ⊙ ⊙ ●　● ● ○ ○ ● ● ○

【作者简介】冯定苏，自良镇中平村柚农，现任玉林诗词学会容县分会自良支会副会长。

【简评】写景抒情，尽显淳朴本色。

【正宫】塞鸿秋游通灵大峡谷

林志南

弯弯曲曲羊肠路，峭崖绝壁幽深处。
○ ○ ● ● ○ ○ ●　● ○ ● ● ○ ⊙ ●
泉飞瀑泻烟云雾，天梯百丈轻盈步。
○ ○ ● ● ○ ○ ●　○ ○ ● ● ⊙ ○ ●
潺潺流水声，滴滴吟诗句，赢来四海游人慕。
○ ○ ○ ● ○　● ● ⊙ ○ ⊙　○ ○ ● ● ○ ○ ●

【作者简介】林志南，自良镇古济村柚农，现任玉林诗词学会容县分会自良支会会长。

【简评】这是元曲的小令，其声调与押韵等要求和诗词有许多不同。此曲描写景物有一定特色。

八月红豆树下有得

罗陆艺

（一）

大木千年谁可移？争知不是老相思。
开花时节寻嘉实，觅得赠君应是奇。

【作者简介】罗陆艺，现任广西楹联学会副会长，玉林诗词学会副会长兼容县分会会长。

【简评】抓住不是“红豆”成熟季节做文章。“老相思”一词，在王维诗意下出新。

（二）

风雨那宵离母胎，栖身荒地色难摧。
经时耐日相思种，又被重新拾起来。

【简评】紧扣其一，解释“老相思”的含义，赋予人性，但又句句不离“红豆”的特点。

（三）

天生豆落归根在，捡拾无人灼灼华。
莫怪穷搜难所获，皆因专注已非它。

【简评】着重于“树下有得”这部分内容，进一步借“红豆”为题，阐述“难所获”与“专注”之间的哲理。

（四）

人间果熟荚才开，物性无知枉秀才。

○⊙●●●○○　●●○○●●○

寄语殷勤深恋者，开花时节急不来。

●●⊙○⊙●●　○○○●●⊙○

【简评】紧接前三首做更进一步阐述，运用拟人手法。说物性，其实是在说人性。

徐霞客力赞的风景区

罗陆艺

幽悄能如此，峤山白鹤塘。

○●○⊙●　⊙○●●○

两崖流影翠，一谷汇英芳。

●○○●●　●●●○○

泉响高低续，蛩声远近忙。

○●○○●　○○●●○

自从游日起，山水沐文光。

●⊙○●●　○●●○○

【简评】首联先破题，徐霞客力赞的风景区就是如此，中间两联进一步描绘风景区美色，多用徐霞客文句，最后归结其要义。

蝶恋花·踏青

罗陆艺

出洞蛙鸣知几许，未到三三，柳绿桃红数。正是那年相
●●○○○●● ●●⊙⊙ ●●○○● ⊙●⊙○⊙
约处，新芽又遍寻芳路。
●● ○○●●○○●
谁道风旗阴欲暮，纵目郊原，休勒云驹住。诗意忽来春
○●○○○●● ⊙●○○ ○●○○● ○●●○○
脚步，舒眉放足欢归去。
●● ○○●●○○●

【简评】纵写春光，有声有色，归至“诗意忽来春脚步”。

题黄武良舞剑

何浩深

将门虎子亦精英，欧亚剑坛任纵横。
⊙○●●●○○ ⊙●●○⊙⊙⊙
刃起树摇长岭暗，招停月出大河清。
●●●⊙⊙●● ○○●●●○○
雷鸣电闪鲲鹏志，燕舞花飞春雨情。
○○●●○○● ⊙●○○○●○
师范武坛心更好，荫功常积乐苍生！
⊙●●○○⊙● ●○○●●⊙○

【作者简介】何浩深，容州镇人，曾任县政协副主席，县文联副主席。

【简评】刻画“舞剑”有声有色，可惜句式缺少变化。

题都峤山书院旧址

何浩深

残垣虽已满苔尘，耳畔犹闻朗朗音。
○○○●●○○ ●●⊙⊙●●○
论道条条皆哲理，谈经处处尽慈心。
⊙●○○○●● ○⊙●●●○○
山峰正直冲天宇，岩洞虚怀法古今。
○○⊙●○○● ○●○○●●○
能似清泉专润下，秀才插笔亦桃林！
○●○○○●● ●○●●●○○

【简评】“山峰正直冲天宇，岩洞虚怀法古今。”好联，结句也很生动！

游望君山

谢世耀

深秋登上望君峰，霭雾天风淑景浓。
⊙○○●⊙○○ ●●○○●●○
奇石嶙峋斑竹伴，山岚借影觅仙踪。
○●⊙○○●● ○○●●●○○

【作者简介】谢世耀，自良镇中平村柚农。

【简评】较为生动地描写了望君山的美丽景色。

乡情

陈锦绵

讲学云游年复年，峤山绣水总魂牵。

● ● ○ ○ ○ ● ○　⊙ ○ ● ● ⊙ ○ ⊙

五湖曾饮千盅酒，怎比乡溪半捧甜。

● ○ ○ ● ○ ○ ●　● ⊙ ○ ○ ● ● ○

【作者简介】陈锦绵，容州镇人，现任玉林诗词学会容县分会副会长。

【简评】“千盅”“半捧”，对比强烈，显示出一腔炽热之情。

都峤山

丹霞闪影白云间，道佛儒家展笑颜。

○ ○ ● ● ● ○ ⊙　● ● ○ ○ ● ● ○

聚饮甘茗灵景寺，齐抒灼见虎头关。

● ● ○ ● ○ ● ●　⊙ ● ● ● ● ○ ○

严霜逼瓦同挥帚，暖日临窗共赏兰。

○ ○ ● ● ○ ○ ●　⊙ ● ⊙ ○ ⊙ ● ○

若谷虚怀终不改，包容豁达正为山。

● ● ○ ○ ○ ⊙ ●　○ ○ ● ● ⊙ ⊙ ○

【简评】两个地名及其所叙内容配合得巧妙，但第三句出律。

赏柚花

农德业

柚蕊因春吐，蜂郎献媚来。

● ● ○ ○ ●　○ ○ ⊙ ● ○

珠胎方暗结，雪瓣笑颜开。

○○○●● ●●●○○

【作者简介】农德业，浪水人，容县中医院退休，现任《杨湾河畔》编辑。

【简评】拟人写法，较有诗味。

游望君山怜“处女石”

李丽光

多少年来守洁身，红尘无类作夫君。

○●○○●●○ ○○○●●○○

蟠桃又熟千年果，难舍世间游览人。

○○●●○○● ⊙●●⊙○●○

【作者简介】李丽光，县底镇大冲村人，农村医生，现任县底石龙诗社社长。

【简评】转、结句有特色。

贺中华诗教先进单位容县中学《文昌阁诗集》出版

李丽光

高举吟旌载誉扬，名楼名校韵飘香。

○●⊙○●⊙○ ○○○●●○○

将军步出杨湾畔，儒贾鞭挥诗社墙。

⊙○●●○○● ○●○○○●○

一样情怀能折桂，十分雅意可雕章。

●●○○○⊙● ●⊙●●●○○

金秋同贺占魁事，绣水留痕结集昌！

○○○●⊙○● ●●⊙○●●○

【简评】全诗顺畅，颔联对仗较有特色。

咏容州

黄威

毓秀侨乡卧虎龙，崇台杰阁古城东。

●●○○●●⊙ ○○●●●○○

诗坛留下大苏句，欣看今朝学子雄。

○○⊙●●○⊙ ○⊙○○●●○

【作者简介】黄威，容州镇周口村人，百色市城乡建筑安装工程总公司副经理。

【简评】第三句言简意赅。

春色

薛绍清

绕枝蜂蝶唱嗡嗡，恋罢梅花桃已红。

●○○○●○○ ●●○○○●○

一夜南风千树醒，耕云播绿满田中。

●●○○○●⊙ ○○●●●○⊙

【作者简介】薛绍清，松山镇沙田绍清诊所农民医生，松山支会副会长。

【简评】“醒”字和“绿”字写活了全诗。

鹧鸪天·诗词论坛

龚煜江

莫为子期摔碎琴，天涯无处不知音。
● ⊙ ● ○ ○ ● ○ ○ ○ ○ ● ⊙ ○ ○
临屏可把红尘隔，炼字能防黄毒侵。
⊙ ⊙ ● ● ○ ○ ● ● ● ○ ⊙ ○ ● ○
情远寄，句频斟，诗坛聚得友朋心。
○ ● ● ⊙ ○ ○ ○ ○ ● ● ● ○ ○
谁言耕韵收成少，键底此时淘出金。
○ ○ ○ ● ⊙ ○ ● ⊙ ● ● ○ ○ ● ○

【作者简介】龚煜江，灵山镇守善村人，玉林诗词学会容县分会副会长，《都峤山》主编。

【简评】全诗直叙，但多是哲理，尤其是七、八两句，推翻常意。

诗教容中随想

龚煜江

传承国粹不须猜，格律今时上讲台。
⊙ ○ ● ● ⊙ ○ ○ ● ● ○ ○ ● ● ○
炼字遣词常启智，研平揣仄自抒怀。
● ● ○ ○ ○ ● ● ⊙ ○ ● ● ● ○ ○
笔锋可要十年砺，诗眼无妨四处开。
● ○ ● ⊙ ● ○ ● ○ ● ○ ⊙ ● ● ○
桃李春风均带韵，赋成华国栋梁材。
○ ● ○ ○ ○ ● ● ● ○ ⊙ ● ● ○ ○

【简评】“笔锋可要十年砺，诗眼无妨四处开。”巧妙把诗的特点和诗教结合起来，第七句符合诗教进校园的意义且很形象。

鹧鸪天·都峤山访石莲花不遇

龚煜江

一说峤山莲就痴，邀朋约友赏仙姿。
●●⊙○○●○ ○○●●●○○
清晨却是君来早，凋谢为因客到迟。
○○●●○○● ○●⊙○●●⊙
无觅处，有逢时，此花总觉在瑶池。
○●● ●○○ ●○⊙●●○○
寻踪只见青衣湿，目睹芳容可有期。
○○●●○⊙● ●●○○●●○

【简评】把“石莲花”当成“仙子”来写，透露出一种自然、超凡的境界。

《杨湾河畔》嵌名诗

黄武泽

杨柳垂丝燕剪斜，湾深龙跃百年嘉。
○●○○⊙●○ ○⊙⊙●●○○
河清好咏风流句，畔看诗潮锦簇花。
○○●●○○⊙ ●⊙○○●●○

【作者简介】黄武泽，县底镇荣塘村人，现任玉林诗词学会容县分会县底支会秘书长。

【简评】虽为藏头，依旧顺畅意深。

从徐松石故居远眺

黄武泽

绣江烟雨景迷茫，入眼繁花柳岸芳，
● ○ ○ ● ● ○ ○ ● ● ○ ○ ● ● ○
白饭滩头崇泰斗，奇峰似笔记沧桑。
● ● ⊙ ○ ○ ● ● ○ ○ ● ● ● ○ ○

【简评】好个“奇峰似笔”，“沧桑”一词更具深意。

立春有感

李旭文

节令声中第一吱，解寒万物换新姿。
● ⊙ ○ ⊙ ● ● ○ ● ○ ● ● ● ○ ○
和风漫步春光路，志取琼林趁早时。
⊙ ○ ⊙ ● ○ ○ ● ● ● ○ ○ ● ● ○

【作者简介】李旭文，自良镇同江村人，现任县文联副主席。
【简评】“吱”字用得新，结句富有进取之意。

山里人家

李旭文

腰挂半壶茶，躬身浇水花。
○ ● ● ○ ○ ○ ○ ○ ● ○
不知三伏里，阵雨落谁家？
⊙ ○ ⊙ ● ● ● ● ● ○ ○

【简评】转、结两句设问，加深开头两句的艰苦印象，结句更有诗味。

容县六大名片咏

李旭文

名花六朵竞诗丛，古郡增辉四海红。
○○●●●○○ ●●○○●●○
赤子移居扬舜禹，将军抗日卫神龙。
●●○○○●● ⊙○●●●○⊙
贵妃故里城乡美，雅韵新村果柚丰。
●○●●○○● ●●○○●●○
老嫂仙翁多逸趣，宅前山水乐无穷。
●●○○○●● ●○○●●○○

【简评】以律诗的形式来表现容县六大名片，难得。

笔会吟

梁金维

自良笔会集豪雄，欲种文山变翠峰。
●○●●●○○ ●⊙○○●●○
今日龙湾成韵海，诗风渡我觅芳踪。
○●⊙○○●● ○○●●●○○

【作者简介】梁金维，自良镇云松村农民，玉林诗词学会容县分会自良支会副会长。

【简评】“文山”“韵海”“诗风”“笔会”“龙湾”“芳踪”，此诗形象鲜明，用词巧妙。

向往草原

龚镇飞

马头弦韵听琴经，犷阔深宏逐远鹰。
●○○●⊙○⊙ ●●⊙○●●○
遒劲苍茫驰马骏，天之骄子壮豪情。
○●⊙○○●● ○○○●●○○

【作者简介】龚镇飞，容县南山瓷器厂总经理。

【简评】“逐远鹰”“驰马骏”，正是草原吸引人的地方，此诗可说是抓住了典型特征。

真武阁远眺

周祖武

杰阁奇观远近褒，崇台播誉著神州。
●●○⊙●●○ ○○●⊙●○○
绣江岁月悠悠水，峤岳巍巍一望收。
●○●●○○● ⊙●○○●⊙⊙

【作者简介】周祖武，容西小学校长。

【简评】“悠悠”“巍巍”，叠字增强了诗的气势。“褒”“州”“收”，容县白话似是押韵，一查，前属四豪韵部，后属十一尤韵部。

咏竹

梁政儒

晒干秋后是柴薪，点亮路中可照人。
● ⊙ ○ ● ● ⊙ ○　● ● ● ⊙ ● ● ○
能作农夫肩上担，曾经渭水钓丝纶。
○ ● ○ ○ ○ ● ⊙　○ ⊙ ● ● ● ○ ○
装成史册传今古，订好诗书溢芳芬。
○ ○ ● ● ⊙ ○ ●　● ● ○ ○ ● ○ ○
羌笛横吹牛背上，新声一曲艳阳春。
○ ● ⊙ ⊙ ○ ● ●　○ ○ ● ● ● ○ ○

【作者简介】梁政儒，灵山镇个体户。

【简评】所写事物都与“竹”有关，紧扣主题。“芳”字出律，此处应用仄声字。

雨后游南山怀感

石建锋

雨后登临不见峰，轻纱罩脸隐玲珑。
● ● ○ ⊙ ⊙ ● ○　⊙ ○ ● ● ● ○ ○
条条玉链流溪里，点点银珠缀叶中。
○ ○ ● ● ○ ○ ●　● ● ○ ○ ● ● ⊙
驻足未妨丛密树，栖身但作洞中龙。
● ● ● ⊙ ○ ● ●　○ ○ ● ● ● ⊙ ⊙
云烟过眼迷迷梦，喜见山前架彩虹。
○ ○ ⊙ ● ○ ○ ⊙　● ● ○ ○ ● ● ⊙

【作者简介】石建锋，灵山镇人，现就职于玉林市新华书店。

【简评】“玉链流溪”“银珠缀叶”“云烟过眼”“山前架彩虹”，的确是雨后景色。

朝登经略台

黄循贤

云霞霭聚古州城，犹似金帷动地旌。

○ ○ ● ● ● ○ ○ ⊙ ● ○ ○ ● ● ○

杰阁台前江浪涌，奇峰岭上岫岚横。

● ● ○ ○ ○ ⊙ ● ○ ○ ● ● ● ○ ⊙

次山立此千秋业，妃子生斯万古情。

● ○ ● ● ○ ○ ● ○ ● ○ ○ ● ● ○

为问操兵今所在？半头红日正东征。

⊙ ● ⊙ ○ ○ ● ● ● ○ ○ ● ⊙ ○ ○

【作者简介】黄循贤，杨村镇人，现任贵港市林业局党组书记，贵港市诗词学会副会长。

【简评】此诗景情和畅，前景后情，结意深长。

岁末感怀

黄循贤

客至西山下，踌躇郁水前。远峰孤月出，近渡卧帆眠。

● ● ○ ○ ● ○ ⊙ ● ● ○ ● ○ ○ ● ● ● ● ● ⊙ ○

鸣笛疏星斗，江城醒雾烟。何时高浪涌，驾棹闯深川。

○ ● ⊙ ○ ● ○ ○ ⊙ ● ○ ○ ○ ○ ⊙ ● ● ● ● ⊙ ○

【简评】借景抒情是此诗一大特色，尾联给读者以想象余地。

山区行

卢承华

烟岚飘渺锁重峦，溪涧潺潺入壮观。
○○○●●⊙○　○●○○●●⊙
远眺云山撑广宇，近闻鸡犬唱荒村。
●●○○○●●　●⊙○●●○○
花馨竹秀松涛涌，径曲岩幽鸟鹊喧。
○○●●○○●　●●○○●●○
旖旎风光来眼底，方知尘世有桃源。
●●○○○●●　○○○●●○○

【作者简介】卢承华，原自良信用社主任，自良支会名誉会长。
【简评】写景先远后近，结句道出桃源仙境。

学诗

肖孟昌

不惑年华学写诗，挥毫泼墨夜眠迟。
⊙●○⊙●●○　○○●●●○⊙
耕丰读显兴家国，莫负韶光空自悲。
○○●●⊙○●　●●○○⊙●○

【作者简介】肖孟昌，自良镇文化站站长。
【简评】虽是标语口号式句子，但有一定的教育意义，合律。

从教三十年感怀

夏振妮

从教耕耘三十年，人生苦乐壮豪篇。
⊙⊙○○⊙●○　○○●●●○○
欣看腊炬红光照，造就良材志比天。
○⊙●●○○●　●●○○●⊙○

【作者简介】夏振妮，县底中学副校长。

【简评】第三句运用了比喻，尽管常见。

咏教师

钟浪声

古今溢美已词穷，彩笔挥时句未工。
●○●●●○○　●●○○⊙●○
不忍春蚕明烛比，春蚕明烛太匆匆。
⊙●○○○●⊙　○○○●●○○

【作者简介】钟浪声，容县广播电视局局长。

【简评】出新，一反过去常见的写法，表意更加深了一层次。

绣江暮钓

钟浪声

清波倒影钓竿斜，偶有欢声逐晚霞。
○○●●●○○　●●○○●●○
不计鱼儿多与少，一江暮色带回家。
⊙●○○○⊙●　●○●●●⊙○

【简评】这首诗是“实则虚之”的典范，带“鱼儿”（实）变为带“暮色”（虚）。

咏屈原

钟浪声

合纵连横误了谁，汨罗千古惹凄悲。
●⊙○⊙●⊙○　●○○●●○○
若非庙内亲秦室，应是关中颂楚辞。
●○●●⊙○●　⊙●○⊙●●○
侍主原来难九问，涉江何事不三思。
●●○○⊙●●　●○○●⊙⊙⊙
龙舟唱尽清平调，可有离骚一句诗？
⊙○●●○○⊙　●●○○●⊙○

【简评】中间两联对得极工整，用典准确，足见作者功底，尾联意深。

登真武阁

钟浪声

崇台古阁临江渚，百草繁花曲径幽。
○○●●⊙○●　●●○○●●○
上罢曾穷千里目？吟成只剩一湖秋。
●●○○○●●　⊙○●●●○○
悬空心似悬空柱，映月檐如映月舟。
○⊙○●○⊙●　●●○⊙●●○
古树参天长寂寂，无言兴废与沉浮。
●●⊙○⊙●●　○○⊙●⊙⊙○

【简评】第一句和第三句有古诗文痕迹，第四句极妙，把旧迹都带新了，尾联景情互动。

游马山金伦洞

韦永忠

传说金伦可遇仙，登临此际想联翩。
⊙●○○●●○　○⊙●●●○○
弯弯曲曲无穷景，叠叠重重别有天。
○○●●○○●　●●⊙⊙●●○
林海雪原铺水下，红花绿树绕身边。
○●●○⊙●●　○○●●●○○
游人争把石书抚，碰碰真能胜十年？
○○○●●○●　●●○○⊙●○

【作者简介】韦永忠，现为黑五类集团员工。
【简评】此诗颔、颈两联形象刻画了“马山金伦洞”的美景，首尾照应。

题望君山仙女石

麦振勇

查遍玉皇家族史，确登三女嫁凡间。
○●●○○●●　●○⊙●●○⊙
仙姑思父何妨语，我有飞船送你还。
○○⊙●○⊙●　●●○○●●○

【作者简介】麦振勇，罗江镇人，现任黎村中学校长，积极推进诗教进校园工作。
【简评】想象力异常丰富，神话与现实有机结合。

春到乡间

彭桂芳

风挠杨柳萌春意，雨逗花苞展笑颜。
○⊙○●○○●　●●○○●●○
最喜黄莺枝上闹，田歌欢唱未居闲。
●●○○○●●　○○○●●○○

【作者简介】彭桂芳，容州镇峤北人，自良中学政教主任。
【简评】“挠”和“逗”两个动词挑选得好，特别是“挠”字，可称诗眼。

贺中华诗教先进单位容县中学《文昌阁诗集》出版

彭桂芳

容中诗教誉声扬，京授金牌千里香。
○⊙○⊙⊙○○　○●○○○●○
满眼木棉盈喜气，百年歌特耀勋章。
●●●○○●●　●○○●●○○
园丁泼墨倾情意，桃李留芬染锦墙。
○○●●○○●　○●⊙○●●○
歌赋韵词珠玉润，叮咚入匣结文昌。
○●●○○●●　○○●●●○○

【简评】颔联和尾联都很动人，“珠玉”“叮咚”，有声有色。

浪水真美

冯达举

浪碧鸥闲古渡头，水边翠竹掩高楼。
⊙●○○●●○　●○●●●○○
真宜长作柚乡客，美艳红菇唤我留。
○○⊙●●○●　●●○○●●⊙

【作者简介】冯达举，县底镇古练村人。

【简评】“唤”字唤醒全诗。“红菇”乎？“红姑”乎？

重阳絮语

冯达举

秋风萧瑟话重阳，冥纸翻飞酒烛香。
○○○●●⊙○　○●○○●●○
汝自坟头空啜泣，亲依泉下独凄惶。
●●⊙○⊙●●　⊙○○●●○○
生前不见嘘寒暖，死后何闻读祭章。
○○⊙●⊙○⊙　●●○⊙●●○
忍看松冈明月夜，捶胸顿足恨徒长。
●⊙○○○●●　●○●●●○⊙

【简评】“生前不见嘘寒暖，死后何闻读祭章。”此讽刺合情合理。

秋色

邓春年

秋光水色也明媚，不是春阳独享奇。

○○●●●○● ⊙●○○●●○

巨变容州飞万韵，都峤古阁赋千诗。

●●○○○●● ○⊙●●●○○

【作者简介】邓春年，石头镇务底村党支书，玉林诗词学会容县分会石头支会会长。

【简评】“不是”转折用得好，转、结句做进一步阐述，产生诗意。

石莲

陈丽萍

崖上圆荷寓，孤芳自赏云。

○●○⊙● ○○●●○

问心清几许？无语壁中君。

●○○●● ○●●⊙○

【作者简介】陈丽萍，杨村镇人，冠堂小学教师。

【简评】用设问，侧面描写石莲的清高。

采桑子·真武阁

吴菲

悠悠杰阁江南岸。四柱悬空，着意玲珑，翘角飞檐史话中。

○○●●○○● ●●○⊙ ●●○○ ○●○○●●⊙

芳心又惹古楼韵。情意淙淙，浸漫肠衷。化作诗花句句浓。

○○●●●○● ○●⊙⊙ ●⊙○⊙ ●●○○⊙⊙○

【作者简介】吴菲，自良云松村人，自良中学教师，容县女子诗社副社长。

【简评】“又惹”“化作”连接得好。

思乡

李碧媛

冬去春来万物苏，彤彤旭日绿千株。

○●○○●●○ ○○●●●○○

田间料是秧苗嫩，梦绕魂牵听鹧鸪。

○⊙⊙●○○● ⊙●○⊙⊙●○

【作者简介】李碧媛，县底镇大冲人，李丽光之女。

【简评】全诗顺畅，触景生情。

古国臆想

秦艳华

一轮明月照楼兰，半壁黄沙白骨残。

●○○●●○○ ●●○○●●○

风卷离歌无寐夜，琵琶弦上马蹄寒。

○⊙○○○●● ○○○●●○○

【作者简介】秦艳华，容县女子诗社成员，现在深圳打工。所选诗入围第二届中国百诗百联大赛。

【简评】全诗很有古典风味。

第二章 ◎ 师生诗词选摘

教师诗作

品茶

杨转邦

数片绿芽杯底中，几多浮滚映双瞳。
●●●○○●⊙ ●○○●●○○
甘醇涩苦凭人说，月转星移水向东。
○○●●○○● ●●○○●●○

【作者简介】杨转邦，容西乡思传村人，中学高级教师，现任容县中学校长。

【简评】从品茶悟到人生。结句赋以景语，给读者留下许多想象余地。

浪水柚花开

杨转邦

两岸青山隐野烟，一江浪水化银田。
●●○○●●○ ●○⊙●●○○
芬芳十里竞将访，正是柚花二月天。
○○●●●⊙● ⊙●●○●●○

【简评】“一江浪水化银田”尤其形象、准确地反映了当地美丽、富裕的盛况。

塞外行

杨转邦

情驰朔漠梦千千，一旦身临毡帐边。
○○●●●○○ ●●○○○●○
静静牛羊怡碧草，欣欣商客醉蓝天。
●●○○○●● ○○○●●○○
扬鞭策马风鸣耳，信步随心日抚肩。
○○●●○○● ●●○○●●○
暮雨急风寒意起，昭君入梦未成眠。
●⊙○○○●● ⊙○●●⊙○○

【简评】好一幅塞外景象图，颔联尤美，尾联驰骋想象，言有尽而意无穷。

百年容中

杨转邦

百载沧桑思校史，青砖绿瓦见辛劳。
●●○○⊙●● ○○●●●○⊙
杨湾河畔今非昔，哥特楼前蕊变桃。
●○○●○○● ○●○○●●○
一片情怀研学问，三千弟子竞风骚。
●●○○⊙●● ⊙○●●●○○
传承薪火休言苦，再展风帆向浪涛。
⊙○○●○○● ●●○⊙●⊙○

【简评】对仗句运用娴熟，且是流水对，即上下联句意思相连，如流水不断。结句有李白名句“直挂云帆济沧海”的味道。

神韵容中

杨转邦

本是容山真应龙，绣江北卧报晨钟。
●●○○○●○ ●○●●●○○
辟雍百载文风劲，雅韵流芳翰墨浓。
●○●●○○● ○●○○●●○

【简评】本诗写于2011年10月容中《文昌阁诗集》出版之时，当时容中诗风正劲。起、承句写了容中优越的地理位置，转、结句反映了百年容中浓郁的诗教新气象。

文昌诗社冬夜评诗

杨转邦

雨夜寒风长叩窗，骚人齐聚喜评章。
●●○○○●○ ○○○●●○○
仄平对仗细雕琢，惟盼诗潮雅韵扬。
●○●●●○● ○●○○●●○

注：2013年12月15日晚，玉林诗词学会容县分会会长罗陆艺，副会长钟浪声、杨转邦、龚煜江等人在冬夜寒风冷雨中，与在容县中学第五届"文昌杯"诗词大赛中获奖的老师和学生齐聚"文昌阁"诗社，就获奖作品进行评诗、吟诗、作诗，气氛热烈高涨，于是作者即席作了本诗。

【简评】一、二句巧妙通过环境的"寒"与"骚人"的"喜"对比，写出了"文昌阁"诗社里诗风浓烈。

致父母

何健芳

昔日错知万物生，如今思绪泪飘零。
○●●○●●○　○○○●●○○
何须文案话桑梓，且看清秋走一程。
○○○●●○●　●●○○●●○
健老身躯难复再，葱青岁月不孤鸣。
●●○○○●●　○○●●●○○
芳心独倚摇窗醉，归燕斜阳最扇情。
○○○●○○●　○●○○●●○

【作者简介】何健芳，容县浪水人，现任容县中学党支部书记。

【简评】诗中没有出现“父母”二字，却句句表达出自己失去父母的懊悔以及对父母的悼念之情。

容中赞

杨加武

容纳百川源远长，县居山畔卧江旁。
○●●○○●○　●○○●●○○
中添秀色李争艳，学揽苍穹壮志扬。
○○●●●○●　●●○○●●○

【作者简介】杨加武，容县厢西人，现任容县中学副校长。

【简评】藏头，亦称冠顶，这种诗受到束缚，写好不容易。本诗自然地把“容县中学”四字嵌入诗中，并深得起、承、转、合章法，结句道出豪情壮志。

玉林诗词学会成立三十周年有感

陈耀深

君羡万花楼上愁,不经已过卅春秋。
○●●○○●○ ●○●●●○○
往昔齐唱欝州震,今日互吟诗韵留。
●○○●●○● ○●●○○●○
雨落庭前添妙曲,桃开屋后续风流。
●●○○○●⊙ ○○○●●○○
锦鳞几跃荡青荇,我泛碧波志满踌。
●○⊙○●○● ●●●○●●○

【作者简介】陈耀深,自良镇古济村人,现任容县中学教务副主任。

【简评】首联、颔联叙事,"雨落庭前""桃开屋后""锦鳞几跃"几个比喻生动写出了玉林诗词学会的热烈氛围和蓬勃的生命力,第八句抒情。

虞美人

冯强

孤灯寒月空陶醉,杯酒影成对。风声萧瑟诉绵绵,几许
○○○●⊙○● ○●●○● ○○○●●○○ ●●
良辰幽怨倚窗前。
○○○⊙●○○
琴声低泣苦归客,凝望雁南落。画中千古终无期,敲碎
○○○●●○● ⊙⊙●○● ●⊙○●○○○ ⊙●
清风任意湿罗衣。
○○⊙●●○○

【作者简介】冯强,语文教师,自良镇古济村人。

【简评】“孤灯”“寒月”“杯酒”，只有和“影”才能成对，加重了幽怨的气氛。在这种心情下，“清风”也可以敲碎。作者善于渲染环境，夸张诗情。

登石寨虎头山之遥怀有感

冯强

虎头山口借佛安，独揽群峰欲策鞭。
● ○ ○ ● ● ○ ○ ○ ● ○ ○ ● ● ○
遥赏石莲斜壁俏，闲居墨客洞崖眠。
○ ● ⊙ ○ ○ ● ● ○ ○ ● ● ● ○ ○
释怀林涧汲诗韵，随意芳丛听雨烟。
● ○ ○ ● ○ ○ ● ○ ● ○ ○ ○ ● ○
他日若能登绝顶，放歌争艳碧云天。
○ ● ● ○ ○ ● ● ● ○ ○ ● ● ○ ○

【简评】颔、颈两联诗意甚浓，结句豪情十足，与第二句呼应。

星怨

黄治铭

寒星笑夜空，何处觅芳踪。
○ ○ ● ● ○ ○ ● ● ○ ○
寻酒诗风冽，赏花泪眼红。
○ ● ○ ○ ● ● ○ ● ● ○
问伊情意未，怨月念叨浓。
● ○ ○ ● ● ● ● ● ○ ○
留客独嗟叹，化蝶天籁中。
○ ● ○ ○ ● ● ○ ○ ● ○

【作者简介】黄治铭，数学教师，杨村镇平贯人。

【简评】“星怨”，实则怨星（情）、怨人，情调十足，诗意甚浓，结句“化蝶天籁中”化用“梁祝”，更具特色。

闲

黎秀宏

春来难得半时闲，闲喜邀朋涉远山。
○○⊙●●○○　○●○○●●○
山径草青花色美，美教心醉不思还。
○●●○○●●　●⊙○●⊙⊙●

【作者简介】黎秀宏，松山镇人，现任容县中学政教处主任。

【简评】这是一首顶真诗，修辞的运用使平常的句子组合起来也有了生命力。

中国航母(古绝)

陈坤

歼敌战机舰上载，中华航母开洋海。
○●●○●●●　⊙⊙○⊙○○●
美日列强如敢欺，定然亮剑将狼宰。
●●●⊙⊙●○　●○●●⊙○●

【作者简介】陈坤，语文教师，杨村六居人。

【简评】全诗简洁有力，“亮剑”，好比喻。

春游容中

梁姒

校园路上着春衣，日暖风轻鸟先知。

●○●●●○⊙　●⊙○⊙●●○

叶绿花红寻客去，足留树海恐莺啼。

●●○○○●●　●⊙●●●○○

【作者简介】梁姒，语文教师，县底镇人。

【简评】用事物衬托气氛，“着”和“恐”两字用得妙。

柚子花

梁姒

玉骨冰肌香绿女，蜂喧蝶舞醉人姿。

●●○○○●●　○○●●●○○

银床梦醒寻何处？清白分明我自知。

○○⊙⊙○○●　○●⊙○●●○

【简评】拟人甚妙，更妙在结句。

叹贵妃

杨文清

贵妃园里贵妃叹，宠爱三千轻似闲。

●○○●●○⊙　●●⊙○⊙●○

我笑痴人梦不醒，自强自立现红颜。

●●○○⊙⊙⊙　●⊙●●●○○

【作者简介】杨文清，语文教师，玉林人。

【简评】评史诗着重在主题思想，本诗别开生面，选取杨贵妃的悲惨结局，阐明了一个平常而又重要的道理。

贺“广西诗词学会容县中学培训中心”挂牌

杨文清

老树新芽闻鸟语，高朋满座报佳音。
●●○○⊙●● ○○●●●○○
自当留此东风住，歌赋诗词花满林。
●⊙⊙●○○● ○●○○○●○

【简评】“老树”“新芽”“东风”“高朋”“歌赋”“诗词”，这些词语比喻得好，抒发准确，故是切题好贺！

春

杨培初

梅羞桃闹茂林边，蝶舞花丛乐不闲。
○○○●●○○ ●●○○●⊙○
父子牵鸢欢语洒，鸽随后踵羡人间。
●●⊙○○●● ●○●●●○⊙

【作者简介】杨培初，语文教师，浪水镇人。

【简评】通过“放纸鸢”的一个侧面，表现春光之美好，是以小见大的写作方法。作诗十六字诀：“大者小之，小者大之。实者虚之，虚者实之。”

喜迎十八人大有感

杨培初

霜点绿枫祖国红，春催大地万疆雄。
○●●○⊙●○ ○○●●●○○
中枢续绘蓝图伟，举世欢腾颂党功。
⊙○●⊙○○● ●●○○●●○

【简评】形象的句子出现在一、二句。

木棉

邓定毅

浓霜褪尽北风吼，乍暖还寒春已到。
○○●●●○● ●⊙○○○●●
力压群芳笑树间，一株独秀心非傲。
●●○○●●⊙ ●○●●○○●

【作者简介】邓定毅，语文教师，县底镇人。
【简评】一、二句平常，但第三句转得很有气势，使第四句结得也很有力。

春暮即兴

曾艳炎

堂前闲看夕阳下，一树莺儿闹李花。
○○○⊙●○● ●●○○●●○
如梦山河随笔画，融融春意满人家。
⊙⊙○○○●● ○○○●●○○

【作者简介】曾艳炎，语文教师，容州镇人。

【简评】第二句给人以欢欣热闹的感受，增加了结句的感染力。

贵妃故里行

刘容彬

杨冲旖旎山高耸，庙远井枯无影踪。
○○●●○○● ●●●○○●○
妃子留香多丽处，只缘化蝶住其中。
○●○○○⊙● ⊙○●○●○⊙

【作者简介】刘容彬，语文教师，十里镇人。

【简评】先抑后扬，也是写诗的一种方法，避免了平铺直叙。

金秀秋韵

刘容彬

金秋十月圣堂山，秀色可餐谁比堪。
○○○●●○○ ●●●○○●○
分派五支寰宇内，瑶音未改意相连。
○●●○○●● ●○●●●○○

注：圣堂山、圣堂湖、莲花山都是金秀著名景点。瑶族有五个支系，分布世界各地，金秀县是中国瑶乡，堪称世界瑶都。

【简评】“瑶音未改意相连”，言中有深意。

喜木棉花开

陈素华

焰火依枝香桂折，芬芳不减寄欢歌。
● ● ○ ○ ○ ● ⊙　○ ○ ⊙ ● ● ○ ○
娇娆永驻蟾宫角，绕树师生共乐多。
⊙ ⊙ ● ● ○ ○ ●　● ● ⊙ ○ ⊙ ● ○

【作者简介】陈素华，语文教师，六王镇人。

【简评】把盛开的木棉花比喻成焰火，绚丽夺目。

书馨

陀添

唱咏诗词习礼经，读全圣史悟人情。
● ○ ○ ● ● ⊙ ○　● ○ ● ● ● ○ ○
书生意气文昌阁，桃李德馨时显盈。
○ ○ ● ● ○ ○ ●　○ ● ● ○ ○ ● ○

【作者简介】陀添，语文组长，容州镇人。

【简评】本诗较平铺直叙，但"文昌阁"一句还是能反映出容中诗教的特点。

偶然

李丹

云吻清溪纹縠皱，逐风无意住君心。
○ ● ○ ○ ○ ● ●　● ○ ○ ● ● ○ ○

匆匆过客何需恼，相忘林间潇洒吟。
○○⊙●○○● ⊙⊙○⊙○●⊙

【作者简介】李丹，语文教师，石寨镇人。

【简评】从题旨来看，着重刻画了第二句，其他景物作衬托。

容州四月

廖清华

和风扑面飞鹰隼，碧野仙踪气色新。
⊙○●●○○● ●●○○●●○
雾雨南山传鸟语，容州四月倍迷人。
●●○○⊙●● ○○●●●○○

【作者简介】廖清华，语文教师，灵山镇人。

【简评】最美在第三句，诗意甚浓。

夜读明史有感

邓丽娟

夜览崇祯叹晚明，江山破落涕飘零。
●●○○●●○ ○○●●●○○
方平北虏民初定，又起刁民魂复惊。
○○●●○○● ●●○○○●○
莫斥前人轻社稷，须知奸佞负苍生。
●●○○○●● ○○○●●○○
无声泣泪无声诉，盛世应思护太平。
○○●●○○● ●●○○●●○

【作者简介】邓丽娟，语文教师，县底镇人。

【简评】结合史料，可以看作是一首史诗，好在结句。

无题

叶冬萍

孤秋楼上雁双飞，琴瑟惊云绮泪垂。
○○○●●○○ ○●○○●●○
情作何尤伤最是，人皆痴爱梦低回。
○●○○○●● ○○○●●○○

【作者简介】叶冬萍，语文教师，容州镇人。

【简评】“孤秋”看到“雁双飞”，更渲染了“伤最是”。

与金湾诗书画院联谊

韦锦珍

一缕骄阳洒金湾，骚人墨客乐滋滋。
●●○○●○○ ○○●●●○○
柚乡女子蹁跹至，海韵悠悠浪唱诗。
●○●●○○● ●●○○●●○

【作者简介】韦锦珍，特级教师，容州镇人。

【简评】前三句写景叙事，“海韵悠悠浪唱诗”富有浪漫主义色彩。

海上飞鱼

韦锦珍

浪白风微碧水盈，一船飞渡洒渔情。

● ○ ○ ○ ● ● ○ ● ○ ○ ● ● ○ ○

老翁惊喜忙收网，笑荡九天又启程。

● ○ ○ ● ○ ○ ● ● ● ● ○ ● ● ○

【简评】生动地描绘出一幅渔民丰收喜悦图。

桂花

邓慧琪

闻香寻影无踪影，几点顽星叶里藏。

○ ○ ○ ● ○ ○ ● ● ● ○ ○ ● ● ○

随意春花相竞黛，清霜朗月雅凝香。

○ ● ○ ○ ○ ● ● ○ ○ ● ● ● ○ ○

【作者简介】邓慧琪，语文教师，容州镇人。

【简评】诗中没有出现桂花，却句句紧扣桂花来写，写出了桂花初开的特点。

念夫君

陆桂文

一声“吱”响把门推，难道夫君戴月回？

● ○ ○ ● ● ○ ○ ○ ● ○ ○ ● ● ○

踮脚开灯相探望，谁知又是大风吹。

● ● ○ ○ ○ ● ● ○ ○ ● ● ● ○ ○

【作者简介】陆桂文，语文教师，十里人。

【简评】一首小诗，却把急切盼望夫君回来的女子形象很直白、生动地表现出来。

榕树赞

申春容

苍天忽已远，雨幕映南山。
○○○●● ●●●○○
不惧风摇撼，扬眉天地间。
●●○○● ○○○●○

【作者简介】申春容，语文教师，罗江人。

【简评】写出了榕树顶天立地的形象。

学生诗作

学子晚归（折腰体）

梁熙雯（初15·5班）

朝唱晨曦晚踏霞，喜哼小调乐归家。
○●○○●●○ ●○●⊙●○○
学海畅游苦亦乐，奇葩一朵正开花。
●●●○⊙●● ○○●●⊙○○

【简评】一、二句中学子生动、活泼的形象跃然纸上。

秋夜

梁煜钰(初15·3班)

中庭万里月残辉,寒碧无垠离燕飞。
⊙⊙●●●○○ ○●○○○⊙○
金菊未开霜刺骨,前缘已尽绪成灰。
○●●○○●● ○⊙●●●○○
几杯浊酒千行泪,一曲清歌满座颓。
●○●●○⊙● ●●○○●●○
聊借霜花邀寄意,锦书难托水云归。
○●○○○●● ●○⊙●●○○

【简评】“金菊未开”“前缘已尽”,富有古意,“锦书难托”化用苏轼诗句。

秋天

梁露曦(初15·3班)

秋来皆感戚,万物亦枯黄。风里群枯叶,山间一夕阳。
○○○●● ●●●○○ ○●○○● ○⊙●●○
百花争早落,几令促先伤。酒醒恙犹住,此情怎讳亡?
●○○●● ●⊙●⊙○ ●⊙●⊙● ●○●●○

【简评】景情结合,“枯叶”“落花”,正是秋意。

逸悠月

梁露曦（初15・3班）

无心坐院观明眸，浅浅牙儿入梦游。
○○●●⊙○○ ●●○○●⊙○
我若随风追忆去，恐惊天上一丝愁。
●●○○○●● ●○○●●○○

【简评】月牙儿用“浅浅”形容，最美不过。结句意犹未尽。

咏志

庞正培（高10・4班）

古往今来多俊士，凌云壮志少年情。
●●○○○●● ○○●●●○○
五洋浪下逐龙戏，越上九天骑风行。
●○⊙●●⊙⊙ ●●●○⊙●⊙

【简评】述志诗要写得有豪气，往往使用夸张的手法。三、四句就是这样写出来的。

冬雨慕夏

庞正培（高10・4班）

黑云幔幔千重雨，滚滚冬风万里晴。
○○●●○⊙● ●●○○●●○
夜静轻云催皓月，多年蓄势一霄鸣。
●●⊙○○●● ○○●●●○○

【简评】好在结句，有气势且值得回味。

赠师

梁穗升（高12·6班）

蚕丝吐尽逝年头，蜡泪成灰夜更稠。

○ ○ ● ● ● ○ ○　● ● ○ ○ ● ⊙ ○

春撒三千桃李圃，秋来硕果满神州。

○ ⊙ ○ ○ ○ ● ●　○ ○ ● ● ● ○ ○

【简评】两个比喻虽然不算新颖，但转、结两句接得上，意味深长。

月下怀思

刘鸿生（高11·3班）

明月东山外，清辉照古今。

○ ● ○ ○ ●　○ ○ ● ● ○

浮沉烟雨事，不动故人心。

○ ⊙ ○ ● ●　⊙ ● ● ○ ○

【简评】“明月”“古今”“烟雨”“浮沉”“不动故人心”，连成诗的音符。

游人之感

李伟榆（初14.4班）

天涯明月夜微凉，独自念思情更长。

○ ○ ○ ● ● ○ ○　● ● ● ⊙ ○ ⊙ ⊙

雨歇钟声留不住，梦惊已是泪沾裳。
●●○○⊙⊙● ⊙○●●●⊙○

【简评】最后一句才点出是“梦”，那么前面“明月”“雨”和“钟声”的错乱就合情理了。

春之恋

李依蔓（初14.4班）

春风化雨送寒冬，茂叶繁花吐艳红。
○○●●●○○ ●●○○●●○
流水破冰自由去，誓奔沧海不归东。
○●●○●○● ●⊙○●●○○

【简评】用几种景象来反映同一事物，加深印象，结句双关。

无眠

欧真伶（初14.4班）

落叶萧萧飘满天，月初妆淡夜无眠。
●●○○○●○ ●○○●●○○
倚窗独赏云中过，繁星几点照心田。
●○●●○⊙⊙ ○○●●●○○

【简评】“云中过月”“落叶满天”，正是主题所需的萧瑟景象。

思

陈捷（初 14.4 班）

月色朦胧风更轻，飘飞思绪叹无情。
● ● ○ ○ ○ ⊙ ⊙　○ ○ ⊙ ● ⊙ ○ ○
丝丝秋雨离人泪，展翅人生莫唱停。
○ ○ ○ ● ○ ○ ●　● ● ○ ○ ● ● ○

【简评】结句一反前面的意境，给人以向上奋发的力量，为欲擒故纵法。

地生百日誓师有感

冯庭祥（初 14.4 班）

百日誓师精力提，时光流逝待秋期。
● ● ● ⊙ ○ ● ○　○ ○ ○ ● ● ○ ○
如花岁月须经苦，直捣黄龙心不移。
⊙ ○ ● ● ○ ⊙ ●　● ● ○ ⊙ ○ ⊙ ○

【简评】学生准备参加地理、生物会考，“誓师”已是借用军事术语，挪用军事的典故来表现“心不移”，顺理成章。

春

黄桓健（初 15.4 班）

杨柳微微笑，繁花争艳开。
○ ● ○ ○ ●　○ ○ ○ ● ○
欲问为何故？只因春意来。
● ● ⊙ ○ ●　● ○ ○ ● ○

【简评】此诗诗意全凭“欲问”一词，使全诗活了。

登山有感

梁青霞（初 15.2 班）

登山路险客寻平，唯我迎难照此行。
莫叹人生皆受挫，世间顺道本无形。

【简评】用“登山”比喻人生之道，妙在“无形”两字。

无题

封里兰（高 12.3 班）

但曾相见便相知，相见何如不见时。
交得与君相决绝，免教生死作相思。

【简评】似有古意。

颂才女

何丹妮（高 10.4 班）

少时寄爱五音律，古训传承六义经。

慧外秀中成妙画，能诗善弈韵瑶筝。

【简评】从多方面刻画出才女之所以得名的原因以及才女的形象，韵律和谐。

竹

冯丽仙(高10.4班)

虽生瘠壤犹繁盛，雨劲风狂笋暗生。

百尺竿头节有梦，虚怀纳物美名成。

【简评】句句描写都离不开“竹”的形象，紧扣主题。

书法

董桂菲(高10.4班)

时秦篆古雅圆方，凤舞龙翔赏草狂。

汉隶刚柔唐楷正，今朝弄墨舞辉煌。

【简评】要懂得不少书法知识，才能把他们用格律表现出来。

红旗飘

陈桂聪（高10.4班）

风扬旗爽飒，日照脸生辉。
○○○●● ●●●○○
奋进国昌盛，海侨盼望归。
●●●○⊙ ●○●⊙○

【简评】主题甚好，尤其是结句，升华了！

春

梁智炎（高12.8班）

冷风呼啸梅花开，暖意盎然欲树栽。
●○○●○○○ ⊙●●○●●⊙
但赏芳菲茵一片，不知已是早春来。
●⊙○○○●● ⊙○●●●○○

【简评】妙在“不知”两字。

咏梅

曾煊雯（初14.7班）

寒冬雨雪自飘香，踏夜寻芳醉意长。
○○●●●○○ ●●○○●●○
淡雅素妆谁斗艳，此花倚月静无双。
●●●○○●● ●○●●●○○

【简评】梅的傲在于它的“自飘香”“静无双”，自然就令“寻芳”人“醉意长”。

第三章 ◎ 县外名家诗作

县外名家诗作

题赠容县中学

钟家佐

播种文明立泮宫，输将梁栋仰容中。
○●○○●●○　○⊙○●●○⊙
峤山绣水多英杰，育德培才建首功。
○○●●○○●　●○○○●●○

【作者简介】钟家佐，中华诗词学会顾问，广西诗词学会会长。

【简评】本诗刻在容县中学聚贤园历史文化长廊上。

雨后都峤山

钟家佐

雨后都峤分外娇，轻云出岫绕山腰。
●●○⊙⊙●⊙　⊙○●●●○○
千泉挂壁飘丝带，诗画天成引梦遥。
○○●●○○●　○●○○●⊙○

【简评】全诗形象、美丽、生动，不愧大家手笔。（本诗刻在容县中学聚贤园历史文化长廊上。）

玉林市诗词学会容县分会成立

钟家佐

将星闪烁放毫芒，绣水峤山铺锦章。

⊙○●●●○○ ●●⊙○⊙●○

亮丽风光新一线，侨乡从此变诗乡。

●⊙○○○●● ○○⊙●●○○

【简评】“铺锦章”，神来之笔。

祝贺家乡容县荣获全国诗词之县和容县中学荣获全国诗教先进单位

黄延南

百年老校早闻名，辈出英才有远声。

●○●●●⊙○ ●●○○●●○

今日珠玑同闪烁，新风古韵壮容城。

○●○○○●● ○○●●●○○

【作者简介】黄延南，原广西人大秘书长，现住南宁。

【简评】第三句的比喻使全诗有了活力。（本诗刻在容县中学聚贤园历史文化长廊上。）

赠广西容县自良中学师生

宣奉华

自良学府诵诗篇，雅韵弦歌满校园。

●○●●●○○ ●●○○○●●○

汗植新松千干劲，他年梁栋定擎天。

【作者简介】宣奉华，中华诗词学会副会长，中华诗教委员会副主任，现居北京。

【简评】用“新松”作比喻，与结句的“梁栋”相呼应。

登都峤山贺玉林诗词学会容县分会成立

张少林

诸子百家接踵来，都峤山上立高台。

丹霞赤壁罡风削，黛墨群峰紫气开。

同辈今朝承古训，晚生他日夺新魁。

贵妃出在深幽处，且待文人雅士猜。

【作者简介】张少林，湖北诗词学会会长助理，现住武汉。

【简评】尾联比喻甚新。

玉林市诗词学会容县分会成立

廖开鉴

三月柚花争吐艳，侨乡儿女闹耕忙。

歌声起处田园绿，不尽诗潮逐绣江。

【作者简介】廖开鉴，岭南诗社秘书长，玉林诗词学会容县分会第一会长，现住广州。

【简评】抓住“柚乡”“侨乡”等容县特点。“诗潮逐绣江”很有地方特色。

喜见诗词进容中

廖开鉴

容州腊月不寒冬，燕舞莺歌春意浓。
○ ○ ● ● ⊙ ○ ○　⊙ ● ○ ○ ○ ● ○
最是校园花满树，争奇斗艳映山红。
● ● ● ○ ○ ● ●　○ ○ ● ● ● ○ ○

【简评】结句一片欣欣向荣景象。

玉林市诗词学会容县分会成立

张福有

雅集容州颂玉华，关情今日贵妃家。
● ● ○ ○ ● ● ⊙　○ ○ ○ ● ● ○ ○
遥知八桂开新境，韵染都峤一抹霞。
○ ○ ● ● ○ ○ ●　● ● ○ ⊙ ● ● ○

【作者简介】张福有，中华诗词学会副会长、吉林省委宣传部副部长。

【简评】结句巧用形象，使人遐想万千。

卜算子·都峤山荷花怒放

黄小甜

节令又如何！敢把陈规倒。出水芙蓉兴下浓，一任寒风啸。
● ⊙ ● ⊙ ○　● ● ○ ○ ●　● ● ○ ○ ⊙ ● ○　● ⊙ ○ ○ ●
艳丽醉容州，无视俗尘扰。且纵清芬漫远山，看我凌波俏。
● ⊙ ● ○ ○　○ ● ● ○ ●　⊙ ⊙ ○ ○ ⊙ ● ○　⊙ ● ○ ○ ●

【作者简介】黄小甜，现于中华诗词学会任职，《中华诗词学会通讯》主编，原住桂林，现住北京。

【简评】全诗写得清尘、脱俗。

都峤山步苏学士韵

李树喜

多时不省困吾身，得与都峤山水邻。
○ ○ ⊙ ● ● ○ ○　● ⊙ ○ ⊙ ○ ● ○
世味城中殊淡淡，诗情郊野更真真。
● ● ○ ⊙ ○ ● ●　○ ○ ○ ● ⊙ ○ ○
谁言隐者绝烟火，毕竟佛仙皆是人。
○ ○ ● ● ● ○ ●　● ● ● ○ ○ ● ○
碑刻模糊秋未老，笑谈后果与前因。
○ ● ○ ○ ○ ● ●　● ○ ● ● ⊙ ○ ○

【作者简介】李树喜，中华诗词学会副会长，现住北京。

【简评】苏学士有都峤山诗，但用语较深奥。作者此诗深入浅出，透出一股淡淡的幽香。

恭贺家乡容县荣获全国诗词之县

潘大林

骚坛容管发新花，文脉连绵养菁华。
○○○●●○○ ○●○○●○⊙
绣水千年涵雅意，峤山百岱染丹霞。
●●○○○●● ⊙○●●●○○
清辞若菊家家种，盛誉如兰处处夸。
○○●●○○⊙ ⊙⊙⊙○●●○
更上层楼多冀望，好诗当待你和他。
⊙●○○○●⊙ ●○⊙●●⊙○

【作者简介】潘大林，广西作家协会原副主席，《贵港日报》总编辑，现住贵港。

【简评】全诗层次分明，脉络清晰。

观自良北山马尾瀑

丁冬

雪碧花枝摇未停，身成珠串眼如星。
●●○○⊙●○ ○○○●●⊙○
多情恨不蹄千里，撞响汪洋万古铃！
○○●⊙○○● ⊙●○○●●○

【作者简介】丁冬，《玉林日报》原副刊部主任，现任玉林市诗词学会副会长，《万花楼》主编。

【简评】紧扣“马尾”的“马”做文章，结句富于联想。

游都峤山庆寿岩

丁冬

谁点南山八烛燃，丹霞叠叠起红烟。
○●○○●●○　○○●●●○○
细榕踮脚抱风吻，倦鸟衔云伴草眠。
●○●●●○●　●●○○●●○
舟走暗河灯有意，字生陡壁佛无言。
○●●○○●●　●○●●●○○
此心屡痛凄凉事，宝殿仍从图画看。
●○●●○○●　●●○⊙○●⊙

【简评】此诗是作者十多年前游都峤山庆寿岩所写，如是今日，结句便不同了。

八桂诗海柚乡笔会（鹤顶格）

梁智华

八方宾客聚中平，桂酒浓醇笑脸迎。
●○○●●⊙○　●●○○●●⊙
诗韵铿锵心荡漾，海风飒爽梦温馨。
○●○○○●●　●○●●⊙○○
柚香馥郁千杯醉，乡貌崭新满眼明。
●○●●○○●　○●●○●●○
笔妙如花讴盛世，会堂熠熠耀群英。
●●⊙○○⊙●　●○●●●○○

【作者简介】梁智华，《玉林日报》副刊部记者。

【简评】“鹤顶格”，或称“藏头”，受首字限制，写得成功需一定水平，此诗还算写得顺畅，能表达该笔会盛况。

真武阁遐思

罗劲

经略高台绣水边，台连碧水水连天。

环台苍郁相思树，情系侨胞归去船。

【作者简介】罗劲，玉林师范学院原副教授，现任玉林市诗词学会副会长。

【简评】“相思树”用作“相思”之意，情系“侨胞”，正是容县这个著名侨乡的特色。

闻容县迎来全国诗词之县验收

罗劲

沙田香柚早驰名，武将军声续号声。

生得杨妃倾国艳，建成杰构桂南横。

弯弯河水侨乡曲，赫赫诗词文化城。

世上几多争国际，何如古郡大精明。

【简评】前五句均写容县特色，第六句才道出题意，尾联进一步把意义升华。

容县获全国诗词之乡感赋

黄醒怀

崛起韵音华厦稠，诗乡名县落容州。
●●●○⊙●○　○○○●●○○
峤山春色南天映，绣水银波北极讴。
⊙○○●○○●　●●○○●●○
柚果飘香经沃土，梅花绚彩自寒收。
●●○○⊙●●　○○●●●○⊙
弘扬文化兴吟帜，远眺珠峰步不留。
○○○●⊙⊙●　●●○○●⊙⊙

【作者简介】黄醒怀，原玉林地区政协副主席，现任玉林市诗词学会第一会长。

【简评】最好的是结句，用“珠峰”来比喻“诗词之乡”，显出高度。

瓦坎田

黄醒怀

满目春光瓦坎田，楼台揖翠绽新园。
●●○○●●○　○○●●●○○
辟山上祖留遗迹，断壁中途证乱年。
●○●⊙⊙○●　●●⊙○●●○
生态川河花烂漫，善和文化舞翩跹。
○●○○○●⊙　●⊙○●●○○
沧桑历历凭高眺，固本当思育后贤。
○○●●○○●　●●⊙⊙●●○

【简评】全诗多方面地描述“瓦坎田”，最后总结出意义所在。

题真武阁

周辉昌

经略台坚杰阁雄，巍然四柱敢悬空。
⊙●○○●●○ ○○●●●○⊙
天平咬定均衡策，杠杆分担架构功。
○○○●○○● ○⊙⊙⊙●●○
团结无需心种铁，相扶可叫木成铜。
○●○○○⊙● ⊙○●●●○○
几经地震皇朝覆，独立江边啸大风。
●⊙●●○○● ●●○○●●○

【作者简介】周辉昌，罗城县糖业局局长，“八桂诗海”原副首版，曾多次来容县指导诗教工作。

【简评】中间两联很有新意，结句拟人，也显气势。

贺容县女子诗社成立

周辉昌

都峤最美杜鹃红，斗艳青春丽日中。
○⊙●●●○○ ●●○○⊙●⊙
唤醒琼林花朵朵，妆成霞彩树丛丛。
●⊙○○○●● ○○○●●○○
香侵风舌啼声巧，色染燕支醉意浓。
○○●●○○● ●●⊙○●●○
占得风光何所愿？芳心一瓣寄飞鸿。
⊙●○○○●● ○○●●●○○

【简评】全诗用“杜鹃红”来比喻女子诗社，风格独特。

贺容县沙田柚喜获丰收

朱芳森

风送柚香情意深，前园后岭树摇金。
○●●○○●⊙ ○○●●●⊙○
殷勤栽得甜心果，喜鹊枝头报好音。
⊙○⊙●○○● ●●○○●●○

【作者简介】朱芳森，原阳朔县计划局局长，曾到容县指导诗教工作。

【简评】结句把全诗都唱活了。

浪水捡红豆

刘伟珍

少小不知情意味，谁怜红豆落残枝。
●●⊙○○●● ○○○●●○○
今时已恨相思苦，犹捡相思续恨期。
○○●●⊙⊙● ⊙●⊙⊙●●○

【作者简介】刘伟珍，《玉林电视报》原总编辑，现任玉林市诗词学会秘书长。

【简评】全诗逐层递进，深化主题。

浪水印象之绣江

刘伟珍

秀竹幽幽叠翠栏，沙滩拍浪牧童欢。
●●○○●●○ ○⊙●⊙●○○

放排人唱渔舟晚，两袖柚香赊我还。
● ○ ○ ● ○ ○ ●　● ● ● ○ ○ ● ○

【简评】“赊”字用得好，堪称诗眼。

千载容州千载诗

——赏读符瓦《八月红豆树下有得》系列诗

刁新和

一树相思寄豆红，诗人捡起化情浓。
● ● ⊙ ⊙ ● ● ○　○ ○ ● ● ● ○ ○
连连妙句凝馨律，趣味溶于会意中。
○ ○ ● ⊙ ⊙ ○ ●　● ● ⊙ ○ ● ● ⊙

【作者简介】刁新和，中华诗词论坛版主，网名“一树红豆”。

【简评】本诗道出对本书寄托厚爱，比喻形象。

诗赠

万水千山风雨行，柚乡贵客暖珠城。
● ● ○ ○ ○ ● ⊙　● ○ ● ● ⊙ ○ ○
久闻八桂多才女，一脉诗心两广情。
● ⊙ ● ● ○ ○ ●　● ● ○ ○ ● ● ○

【作者简介】林启鸿，珠海市诗社社长。

【简评】虽是直叙，情意洋溢。

忆容州

魏紫蘅

往昔峥嵘岁月稠，容山泉水嗽歌喉。

●○○○●●○　○○○●●○○

峤峰骋目寻仙迹，真武登临问史由。

⊙○●●○○●　○●○⊙●●○

曾向长街行信步，还从侯府写春秋。

○●⊙○⊙●●　○⊙○●●○○

江山依旧沉思远，最喜诗乡邀众游。

○○○●⊙⊙●　●●○○○●○

【作者简介】魏紫蘅，曾为容县专署干部，现定居贵港，八十多岁还上网，网名“雪斋”。

【简评】“容山泉水嗽歌喉”，带起全诗。

怀念容县长街

魏紫蘅

绣江侧畔昔安家，信步晨昏日照斜。

●○●●●○○　●●○○●●○

举盏良朋今去处？琼楼丛里问黄花。

●●○○○●●　○○○●●○○

【简评】结句用景语，意在言外。

登真武阁

唐弘

祥云飞一片，杰阁独天南。曲槛惊悬柱，高台仰古镡。
○○○●● ●●●○○ ●●○○● ○○●●○
峤山远泼黛，绣水近拖蓝。画栋凌空峙，神工气不凡。
⊙○●●● ●●●○○ ●●○⊙● ○○●⊙○

【作者简介】唐弘，大化县机电个体修理户，在中华诗词论坛与容县诗友交往甚多。

【简评】“泼黛”“拖蓝”“悬柱”“不凡”，全诗高度概括了真武阁的特点和气势。

喜游威楚紫溪山

陈炎华

茂密深林风景秀，云遮雾绕紫溪颜。
●●○○○●● ○○●●●○○
远闻寺庙钟声响，近赏壑沟泉水潺。
●○●●○○● ●●●○○●○
莫道彝州无去处，应知威楚有名山。
●●○○○●● ⊙○○●●○○
访幽古迹贵深入，何惧游途步履艰。
●○●●●○● ○●○○●●○

注：威楚紫溪山位于云南省楚雄彝族自治州，是云南省最大的天然公园。整座山郁郁葱葱，森林茂密，植物种类多，古刹林立，景观独特。

【作者简介】陈炎华，容州镇人，容中校友，现住云南省楚雄彝族自治州，为云南省诗词学会、中国延安文艺学会、中国汉诗协会、中国文学艺术家协会会员，一级作家。

【简评】中间两联对仗工整，颔联很有诗味，尾联得深意。

广西容县中学百年校庆有感

陈炎华

百年校庆喜相逢，四海耕耘效劲松。
●○●●●○○　●●○○●●○
成败是非心坦荡，浮沉荣辱贵从容。
○●●○○●●　○○○●●○○
雄才受挫休哀切，事业辉煌勿自封。
○○●●○○●　●●○○●●○
共建和谐添石瓦，同窗学子一条龙。
●●○○○●●　○○○●●○○

【简评】中间两联可以作为警句。

附录

附一：

传统诗词写作方法

罗陆艺

(一)声调

传统诗词分为两大类。一是古体诗，可以换韵，不讲究格律；二是近体诗，即唐代形成的格律诗体，讲究格律，也称为格律诗，它分为律诗（八句）和绝句（四句）。传统诗词讲究音乐性，易诵能唱，容易记忆，所以它的写法强调要懂得格律。而要懂得传统诗词的格律，要先从字的声调入手。从前的四声为平声、上声、去声、入声，今天的四声为阴平、阳平、上声、去声。而古人把上声、去声、入声三声统称为仄声，故声调的问题概括起来就是分清“平”“仄”。

有人研究过，认为粤方言（白话）更接近古代的语言，所以懂得说白话的人，要区分平仄声比较容易。“平”是平顺的意思，声音比较响亮动听，能拖长，也就是如一条平坦的路径，可以顺利地走下去。“仄”是倾斜的意思，属仄声类的字，声音比较拗口难听，较短促，如果人为想将它拖长，则不可能。

要正确判断平仄声，最好的方法是将同拼音不同调的两个字进行对比，如“钟”和“众”、“期”和“企”、“花”和“画”等，当它们读白话声时，便有明显的区别：前者悦耳、平柔，属平声；后者聱牙、急迫，属仄声。

现在人们比较熟悉新四声，即阴平、阳平、上声、去声，而古代四声中的入声字已经分散到新四声中去了，其中分散到上声和去声的入声字，自是仄声，但是需要注意的是已分散到阴平和阳平去的原入声字，如“插”字和“差”字，在现代普通话中同音，同属阴平声调，但如读起白话来，便有很大区别；又如现代普通话“衣”和“一”同音，但在古语中“一”是入声字，“衣”是平声字，是不一样的。

律诗和绝句的平仄声调，一般是“一、三、五不论，二、四、六分明”，即除结尾字的押韵规律外，逢双数的字，必须是平声和仄声错开，为此只有两种情况：仄、平、仄和平、仄、平。如李白的《早发白帝城》：“朝辞白帝彩云间”中的二、四、六位数的字分别是“辞”“帝”“云”为平、仄、平，而一、三、五位数的字分别为“朝”“白”“彩”都是平声，这并不妨碍入律，这就是“一、三、五不论”的意思。“千里江陵一日还”中的二、四、六位数的字分别是“里”“陵”“日”为仄、平、仄，一般情况下，单数位的字是不论平、仄声的，但应力争避免“三平脚”或“三仄脚”，也就是说，不要末尾的三个字都是平声或都是仄声。还要避“孤平”，即一句中除韵脚外只有一个平声字。这也是诗家之忌，但此内容较复杂，还有较深一层的“补救”方法，作诗者在初始可以抱着“不以词害意”的创作观点。

词里的平仄声，要求更为严格，相当多的长调都不能按照“一、三、五不论，二、四、六分明”的写诗格式去做，必须对照词谱的固有格式去填写，这就是平时我们说的“按谱填词”。这样说来，学写词的人，手上有一本“词谱”之类的工具书是有必要的。如最简单的《十六字令》，它的定格是“－（韵）|||－－|||－（韵），－－|＋|||－－（韵）”（其中“－”表示平声，“|”表示仄声，“＋”表示可平可仄），由此看来，写词要比写诗难。有的初学者以为只要符合词牌规定的字数就可以算是填

词了，不讲句式和平仄规律，随意填写却冠上词牌名，其实是贻笑大方。

所以，只懂得现代普通话而不懂得白话的人，要正确区分出传统的平仄声，手上更应该有一本《词林正韵》之类的工具书，特别是要掌握好入声字这一类。除了查工具书、字典或词典外，多背熟一些古代名篇，也能正确区分某些疑难字的音调。如上面提到的“画”字，如果用其他方法无法判断出其平仄声归属，我们的头脑中立刻涌起“银烛秋光冷画屏，轻罗小扇扑流萤”这一名句，那么按照同句的平仄相间的句式，便很容易判断出它属仄声。

（二）句式

在律诗和绝句中，大多采取前为双后为单的词组组合法。如：“床前/明月/光”为 2/2/1 句式，“风急/天高/猿啸哀”为 2/2/3 句式，“凤凰台上/凤凰游”为 4/3 句式，“于无声处/听惊雷”为另一种类型的 4/3 句式。词与诗的不同之处在于词是大量采用前为单后为双的词组组合法，且此种句式在不同词牌不同地方与前双后单的句式是不能混淆的。如“金风玉露一相逢”和“便胜却人间无数”两个七言连续句，前者是前双后单的 4/3 句式，后者是前单后双的 3/4 句式。词中有的五言句也是这样，如辛弃疾《沁园春·灵山齐庵赋时筑偃湖未成》的“正惊湍直下”为 1/4 句式，与“床前明月光”的句子结构截然不同。

（三）格律

律诗从第一句到第八句，平仄要讲究“二、四、六分明”，简单说是粘对关系：“对”是“相对”的意思，也就是说第二句与第一句的平仄要相反，如果第一句的二、四、六字为平、仄、平，那么第二句的二、四、六字就应为仄、平、仄。“粘”是“粘贴”的意思，就是说下句与上句的平仄相同，比如第二句为仄、平、仄，那么第三句也应是仄、平、仄。以此类推，都是这样粘对下去，第四句和第三句对、第五句又和第四句粘……试看杜甫诗：“风急天高猿啸哀，渚清沙白鸟飞回。无边落木萧萧下，不尽长江滚滚来。万里悲秋常作客，百年多病独登台。艰难苦恨繁霜鬓，潦倒新停浊酒杯。”第一句的二、四、六字是“急”“高”“啸”字，分别是仄、平、仄，第二句的二、四、六字是“清”“白”“飞”字，按粘对格律应是“对”，和第一句相反为平、仄、平，第三句的二、四、六字“边”“木”“萧”应是“粘”，和上句相同为平、仄、平。

绝句的格律是把律诗截出一半，八句截出一半为四句，既可截上半部，也可截下半部；既可截中间四句，也可截首尾四句。如“李白乘舟将欲行，忽闻岸上踏歌声。桃花潭水深千尺，不及汪伦送我情”就如截取上面所举的杜甫律诗《登高》的首尾四句格律；而“黄河远上白云间，一片孤城万仞山。羌笛何须怨杨柳，春风不度玉门关”则如截取上面律诗的中间四句格律，只不过没有对仗罢了。

词的小令，有些七字、五字句式是从绝句转化而来，此类词存在一定的粘对关系，如《浪淘沙》《忆王孙》《浣溪沙》《鹧鸪天》等。但是绝大多数词和律诗、绝句的不同之处在于词打破了原来的粘对关系，它是按每一个词牌独有的平仄规律来填写的。即使字数与律诗、绝句相近的词，也大多如此。如《生查子》，表面看来与作仄韵的五言绝句诗相仿，但它在《唐宋词格律》一书里，便载有三种格律：格一全是仄、平句式；格二是第一句第五句用了平、仄句式，如有名的朱淑真所作的“去年元夜时，花市灯如昼。月上柳梢头，人约黄昏后。今年元夜时，月与灯依旧。不见去年人，泪湿青衫袖”；格三是第三句用了仄、平句式，另外还有第八句的特殊格式。限于篇幅关系，本文只是想着重指出：每首词的格律都是不同的，既冠之以词，就不要因它有些亦是五言、七言而与律诗、绝句相混淆。

(四)对偶

对偶是古汉语修辞的一种重要形式，它不但要求字数相同，同一位置的词性相同，而且要求组词结构在句中的某个位置也相同。现代汉语也讲对偶，它能产生句式整齐的美感，好诵易记，是学写诗不可不懂的基本知识。古代有不少关于这方面知识的蒙学书籍，如《声律启蒙》的开头即是："云对雨，雪对风，晚照对晴空，来鸿对去燕，宿鸟对鸣虫……"掌握作对的规律，也是写传统诗词要求懂的基本手法。

首先是律诗的三、四句和五、六句要求成对，分别称之为颔联和颈联。如杜甫《登高》中的"无边落木萧萧下，不尽长江滚滚来"和"万里悲秋常作客，百年多病独登台"均是十分工整的对偶句，也就是对联。白居易的五言律诗中也有"野火烧不尽，春风吹又生"这样的名作。

绝句既然是截取律诗句式的一半，那么也有出现对偶句的可能。如"留连戏蝶时时舞，自在娇莺恰恰啼"是出现在绝句中的后两句；"水光潋滟晴方好，山色空蒙雨亦奇"是出现在绝句中的前两句。更有少数绝句，全篇是由两个对联组成，如杜甫的《绝句》"两个黄鹂鸣翠柳，一行白鹭上青天。窗含西岭千秋雪，门泊东吴万里船"就是如此。

许多词在某个固定位置上要使用对偶句，这点在词谱里均有注明。如人们熟悉的《鹧鸪天》，词谱便注明："上片第三、四句与过片三言两句多作对偶。"又如《浣溪沙》，词语亦有此注："过片二句多用对偶。"

对偶句入诗词，要力争对得工整，但又要预防犯“合掌”的毛病。什么是“合掌”？对联上句与下句的意思重合，这一般俗称为“大合掌”，个别词语意思两同，为“小合掌”。如果对联的上句与下句意思是连贯的出现在诗词之中，则为最好的作品，这可称为“流水对”，如上面举例提到的“野火烧不尽，春风吹又生”便是，“海内存知己，天涯若比邻”亦是脍炙人口的佳作。

在律诗与词中应出现对偶句的地方，如果其意思很难变成对联，则应该以意为主，切莫为追求完全相对而损害整首诗词的意境。古代诗词以意为主，写得漂亮的例子也不少，如久为人称颂的“黄鹤一去不复返，白云千载空悠悠”便不完全对偶。

(五)押韵

诗词为什么要押韵？无非是要充分发挥它易诵易记的特点。编押韵的歌谣来提高记诵能力，这早已被人们总结出来了。所以，自古受到人们喜爱的传统诗词，都离不开押韵。

押韵，就是在句的末尾一个字用相同或相近的韵母。古代人将这些编成韵部，如“一东、二冬、三江、七阳、四支、五微”等等，到了写词时，标准又放宽了些，总的趋向仍是要易诵易记，如清朝戈载的《词林正韵》把平仄声共分为十九部，为当代人提供了较为通用的依准。

律诗、绝句的押韵，和古体句句押(又叫柏梁体)、不定句押等不同，一般是双句必定押韵，单句(除开头句外)不押韵。开头句可押韵也可不押韵，如开头句不押韵，五言句的第三字或七言句的第五字，要注意平仄声的正确运用，避免出现“三平脚”或“三仄脚”。如之前李白的《早发白帝城》的“间”“还”“山”都是押韵的；又如杜牧的《山行》“远上寒山石径斜，白云生处有人家。停车坐爱枫林晚，霜叶红于二月花”中的“斜”“家”“花”用白话读也是如此。而“故人西辞黄鹤楼，烟花三月下扬州。孤帆远影碧空尽，唯见长江天际流”为开头句押韵的例子；“空山不见人，但闻人语响。返景入森林，复照青苔上”为开头句不押韵的例子。

词的押韵，也和它的平仄、句式、格律、对偶一样，可说是千变万化，但每一个词牌又有它固定的格式。它大体分为五大类。第一类是平韵格。第二类是仄韵格。这样一韵到底的两类是常见的，占了词牌总数的百分之九十以上。第三类是平仄韵转换格，包括《南乡子》《菩萨蛮》《清平乐》《虞美人》等十多种，如“春花秋月何时了？往事知多少！”两句中的“了”“少”字押仄韵，转为“小楼昨夜又东风，故国不堪回首月明中”两句中的“风”“中”字押平韵，接下来转为“雕栏玉砌应犹在，只是朱颜改”两句中的“在”“改”字押仄韵，最后转为“问君能有几多愁，恰似一江春水向东流”两句中的“愁”“流”字押平韵。这首词前后转换了四次。第四类是平仄韵通叶格，通叶格指的是诗词押韵的变化，指平仄韵转换格，即平仄通押，不分平仄韵。常见的有《西江月》等数种，如“明月别枝惊鹊，清风半夜鸣蝉。稻花香里说丰年，听取蛙声一片”押了两个平韵后，末句就平声切去，押仄声韵，应是同一韵部里的仄声。第五类是平仄韵错叶格，即平韵与仄韵交替，有《相见欢》《酒泉子》《定风波》等数种，如“林花谢了春红，太匆匆！无奈朝来寒雨晚来风！胭脂泪，相留醉，几时重？自是人生长恨水长东”。此词在过片处，错叶两仄韵，即“泪”字和“醉”字。总而言之，切莫把有平仄韵变化的词浅显地当成较简单的押一种韵的词来看。

(六)换字

有了一首传统诗词的好立意以后，怎样才能写出符合传统诗词的平仄句式格律来呢？换字就是一种好方法。

换字是指意思相同，但是却分别属于平声类和仄声类的字，如“观”和“望”、“行”和“走”、“欢”与“喜”、“非”和“不”等，前者属平声字，后者属仄声字，但它们所表达的意思是完全一致的。

“却看妻子愁何在，漫卷诗书喜欲狂。”在杜甫这两句诗中，用“喜”不用“欢”，是因为前句的“愁”字为平声，下句的第五个字应是相对的仄声。而杜甫的另一首诗《九日蓝田会饮》中，他却选用了“欢”字，而不用“喜”字，全诗为：“老去悲秋强自宽，兴来今日尽君欢。羞将短发还吹帽，笑倩旁人为正冠。蓝水远从千涧落，玉山高并两峰寒。明年此会知谁健？醉把茱萸仔细看。”这里的第二句结尾字，当然首先是因为押平声“删”韵部的需要，但假如全诗不是押“删”韵部，而是押“真”韵部，全句可改成“兴来今日尽欢君”，意思并没有改变。同一个诗人写的诗，从遣词用字方面考虑，相同意思的“欢”和“喜”两字，取平声“欢”而不取仄声“喜”，就是因为平仄格律的需要了。此首律诗第一句“老去悲秋强自宽”的第二个字“去”，属仄声，第一句“二、四、六分明”的平仄句式为仄、平、仄，那么依照整首律诗的粘对关系，第二句的平仄句式应是平、仄、平，所以，深谙诗词格律的杜甫，自然会取属平声的“欢”字而不取属仄声的“喜”字。

不但单个的字，就是两个字以上的词、词组，也可以依据诗词的平仄格律来选择意思相同或相似，但分别属于平声或仄声的字词。如“千秋”和“万代”这两个词组，意思是相同的，都是指“长久”或“永远”，但前者是平声，后者是仄声。杜甫的诗句“窗含西岭千秋雪”选用了“千秋”，因为它是《绝句》的第三句，此绝句诗第一句为“两个黄鹂鸣翠柳”，“二、四、六分明”的平仄句式为仄、平、仄，那么按照粘对关系，此绝句第三句的平仄句式应为平、仄、平，那么处于第六字的位置，自然是取平声的“秋”，而不用仄声的“代”。

当然，在意思相同或相近，同属平声或仄声的字(词)中，也会出现多个可选词的现象，如“千山”和“群山”均为平声，意思相近，而杜甫诗句“群山万壑赴荆门”却选用“群山”，不用“千山”，行家认为“群山”比“千山”有更进一步的用意，这种情况就不属于格律要考究的问题了。

(七)颠词

颠词，是写传统诗词时需要用到的一种常用手法。这里的“颠”是“前后次序倒置”的意思，切莫误以为是错乱，它是在同一句子中进行的。

如“云淡风轻近午天”的平仄句式是仄、平、仄，是符合原诗仄起格式需要的第一句，但假如出现在需要平、仄、平句式的诗中，可以将平声的“风轻”和双数字仄声的“云淡”颠倒，而将第五、六两字略改字眼，成“风轻云淡午中天”，便可符合要求，达到格律化。同一诗中的句子“傍花随柳过前川”是平、仄、平句式，如要出现在需要仄、平、仄句式的地方，可将“傍花”和“随柳”颠倒调换，又将第六字改一改，成“随柳傍花过岭川”，这样便大功告成了。同一作者如朱熹的名句“万紫千红总是春”，为仄、平、仄句式，如要变成平、仄、平句式，使用颠倒法结合换字，可改成平、仄、平句式的“千红万紫总成春”，至于“成”字是否能比得上“是”字响亮、肯定，那又作别论。

并列关系的词或词组可以任意颠词调换，就算不是并列关系的词或词组也可调换。如苏轼的诗句“春宵一刻值千金”为平、仄、平句式，若要出现在仄、平、仄句式的地方，用调换颠倒加换字法，可变成“一刻春宵值万金”，而意思完全不变。同一诗中第三句的“歌管楼台声细细”为仄、平、仄句式，本意应是“楼台歌管声细细”，很明显，作者为了使其符合平仄格律，把“楼台”和“歌管”颠倒过来了。按照语法，“声细细”自然是修饰“歌管”，不是修饰“楼台”，这样颠倒有不合语法之嫌，但在写诗及读诗的人看来，诗歌应允许这种“语法不合”，而且，有时颠倒了这样的词或词组，倒是出了诗意。

笔者曾写过一首词《鹧鸪天·过长江三峡》：“日影曈曈雾气迷，朝辞宝寨暮香溪。巫山十二长天小，奇石三千急浪低。城白帝，庙张飞，烟云过眼莫悲凄。人间神女身边在，无奈猿声梦里啼。”这里的“城白帝，庙张飞”，就是故意使用了颠词手法，把“白帝城”和“张飞庙”这两个名词修饰部分和主体部分一颠倒，不仅使平仄声能符合《鹧鸪天》这一词牌的要求，所押韵脚也巧妙地符合了要求，而且还产生了新的诗意，原来的专有名词并没有过多的内涵，可是这样一颠倒，意思更深了一层，有“城中数白帝城，庙中数张飞庙最有名”的含义了。举此例子，意在说明颠词法在写传统诗词中的重要意义，读者不妨亲自试一试。

（八）倒句

倒句，是指某一诗句已符合“二、四、六分明”的格律，并且平仄已错开，但它在全诗中，却不符合原来所设定的仄起或平起的规律，因绝句和律诗通常只有仄起或平起两种情况，而第一句和第二句、第三句和第四句……平仄是刚好相反的。因此，我们可以将它们的排列次序来一个颠倒，即第二句和第一句、第三句和第四句……如此类推，只要不因倒句害意便可。

很多人谙熟的《送元二使安西》：“渭城朝雨浥轻尘，客舍青青柳色新。劝君更尽一杯酒，西出阳关无故人。”这四句的平仄句式分别为：平、仄、平，仄、平、仄，平、仄、平，仄、平、仄，并不完全符合粘对格律。但是，如果我们把第一句和第二句的位置倒过来，全诗变成："客舍青青柳色新，渭城朝雨浥轻尘。劝君更尽一杯酒，西出阳关无故人。"这样一来，全诗的粘对格律便完全符合规律要求了。第一句起句为仄、平、仄句式；第二句对，为平、仄、平句式；第三句粘，为平、仄、平句式；第四句对，为仄、平、仄句式。

笔者在此拿唐人王维的名篇来做例子，有妄自尊大之嫌，读者也不一定认可，笔者还是举今人的例子来说吧。在中国文联出版社出版的《芳春警世》一书的第47页，有这么一首诗："寒浸被棉风撞墙，离情别意上愁肠。孤枕独眠双脚冻，兄思妹想夜冬长。"如想让它改成传统诗词的粘对格律，只要调换第一句和第二句的位置便可。因"寒浸被棉风撞墙"平仄句式为仄、平、仄，"离情别意上愁肠"平仄句式为平、仄、平，而原诗第三句、第四句的平仄句式分别为仄、平、仄，平、仄、平，这样颠倒一下句子位置，成为"离情别意上愁肠，寒浸被棉风撞墙。孤枕独眠双脚冻，兄思妹想夜冬长"，平仄粘对格律便完全符合了，而且意思也没什么改变，还开门见山了些。

而绝句的第二句和第三句，第一句和第四句的平仄句式相同，我们有时顺意可变出复杂的倒句或换句，举《芳春警世》一书中89页一首诗为例，原诗为："命运共同心意通，游子漂泊感飞鸿。独行幽谷怜芳草，久等名园痛落红。"这首诗并不完全符合平仄规律，这四句的平仄句式分别为仄、平、仄，仄、仄、平，平、仄、平，仄、平、仄。采用倒句、颠词、换字等手法，笔者将它先来一个倒句，把三、四句移为一、二句，又将变成第三句的第一句颠词、换字（因此处在第三句不需也不能押韵了），将变成第四句的第二句换字、颠词，全诗改成为："独行幽谷怜芳草，久等名园痛落红。命运相通心意共，飘零游子感飞鸿。”这样一改，全诗不但平仄格律完全符合，而且意思似乎比原诗还好了一些。

（九）形象

在初步掌握了传统诗词的格律，懂得通过换字或颠词、倒句来调整平仄之后，一般人所犯的毛病是信口把一些政治术语、古代成语搬进作品，如“冷气凝空日渐浓，今临鼠岁遇寒冬。军民奋战降灾雪，大地回春万象荣。”这是笔者随手从桌上的一本省级诗词刊物选出来的，它处处合格律，你不能说它不是一首传统诗词，但仔细一品味，又觉得它缺少了味道，是干巴巴的，只是分行排列整齐、押韵合平仄的四个七字句而已。当下，有许多人把这种诗称作“老干体”。

“老干体”的实质在于整首诗缺乏形象。古人认为写诗的三要素是赋、比、兴。其中，“比”是比喻，如以“花”喻“美丽”，李白写杨贵妃“一支浓艳露凝香”；“兴”是借物兴起，如古诗写焦仲卿的爱情叙事诗，借“孔雀东南飞，五里一徘徊”作起始，这两者都把抽象的比喻美丽、爱情的字眼化作形象的花、形象的孔雀；赋，就是直接抒写，这固然是表达意思不可少的方法，但如果都是直白，便是形象欠缺。

我们且看李白的《赠汪伦》，开头两句是：“李白乘舟将欲行，忽闻岸上踏歌声。”这是赋的开始，如果仅如此两句顺势写下去，是不可能勾动读者心弦的，但他后面两句来了一个形象的描述：“桃花潭水深千尺，不及汪伦送我情。”这样，无形的“友情”有了形象的“千尺桃花潭”，这“情深”的抽象概念便因之勾动人的心弦了。

把无形象变为有形象，抽象的字词变为人体五官触之可及的具体事物，这样做，就获取了诗意。李商隐描写伤情，用了两个千古传扬的比喻：“春蚕到死丝方尽，蜡炬成灰泪始干。”这两句深深拨动了读者的心弦，以至到了宋代，还有人写词化用了其中的一句：“蜡烛有心还惜别，替人垂泪到天明。”

诗中不但出现形象，整首表意的诗也可以用形象描写代替，最后出意。如在反对改革开放的“左”倾思潮时，笔者曾写一首《咏左江斜塔》：“裂石崩崖傲不平，南天砥柱铁铮铮。凌波巨笋冲霄出，镇海金箍破浪升。晓日拨开千丈瘴，夜空挑落数竿星。漩涡风口休惊惧，只莫孤高老左倾。”这里以诗为例，在“斜塔”的大形象中，又用了两个小形象比喻，那就是“凌波巨笋”和“镇海金箍”。

因此，上面所说的“冷气凝空日渐浓，今临鼠岁遇寒冬。军民奋战降灾雪，大地回春万象荣”一诗中，如作者懂得运用形象思维，本诗则可使人耳目一新。在这里，我试按此旨把无形象变为有形象，供读者参考：

冷气凝空日渐浓，山峰尽变白头翁。
军民奋战春风暖，大地冰溶万象荣。

(十)赋奇

过于直白，是写诗的大忌，但不等于直白的就没有好诗。“锄禾日当午，汗滴禾下土。谁知盘中餐，粒粒皆辛苦”以及“春种一粒粟，秋收万颗子。四海无闲田，农夫犹饿死”这些诗都脍炙人口，千万年传颂不衰。《水浒传》中的“赤日炎炎似火烧，田间禾稻半枯焦。农人心里如汤煮，公子王孙把扇摇”也是如此，除“似火烧”和“如汤煮”这两个细微处用了比喻外，整首诗的骨架仍是直叙。由此可见，“赋”(即直叙)这种描述形式居写作传统诗词好方法之首。

为什么许多直叙的诗词又有“老干体”的通病呢？笔者分析，最主要原因是直叙没有叙到点子上。因此，叙要叙到点子上，“赋”得要奇巧。

说到奇巧，首先是要道出人之常情。如“窈窕淑女，君子好逑”“连就连，我俩结交订百年，哪个九十七岁死，奈何桥上等三年”，这样的句子代代人看到，都会为之心动。亲情、友情、爱情，锄强扶弱、坚贞不屈、访贫问疾等等，是千载不变、动人心弦的主题。人若未道，我先道之，是说我先写出人家还未写好的人之常情，这样诗词就会触动人心。

此外，还要选对直接抒情的手法。

夸张，是常见的手段。“一粟万子”“四海无闲田”，我们都不必去深究是否真的那么多。夸张，无论是以小见大或以大见小，都渲染了气氛，强化了诗意。“凭君莫话封侯事，一将功成万骨枯”“朝辞白帝彩云间，千里江陵一日还。两岸猿声啼不住，轻舟已过万重山”，这些都是通过夸张手法引起读者心灵共鸣的。

递进，是强化诗情的一种手法。“客舍并州已十霜，归心日夜忆咸阳。无端更渡桑乾水，却望并州是故乡”就是一个生动的事例。本来，在并州作客，思乡之情已受熬煎，谁知要渡过桑乾河，离故乡更远，只得把并州当故乡看待了。同样，递减也可，如“醉则从他醉，还胜独睡时”可为一例。

无理中见有理，也可见赋体之巧。如张若虚《春江花月夜》中的诗句：“人生代代无穷已，江月年年只相似。”今人刘庆霖写雾凇，曰：“一夜江声上柳条”，都从常见的事物中悟出诗句。笔者写过去之困难，为“常将忆苦思甜说，未语音容先惨咽。三餐定量粥难稠，但祝长年皆二月”。因为二月只有二十八天，如一年十二个月都如此，则每月定量的粮食支配就会较充裕，这就是表面无理，实意有理。笔者还写过一首名为《官钓》的诗："最喜调查车兴悠，鱼塘迳往便抛钩。阿黄不识官来访，兀自汪汪吠不休。"朋友读后论说道："把狗的主人之无奈心情写得活灵活现。"这是从"无理"中悟出"有理"来。

（十一）出新

凡是赋、比、兴的描写，都应该力争避免人云亦云。

曾有人这样打比方："第一个把女人比作花的是天才，第二个是庸才，第三个则是蠢才。"古代论诗者说："惟陈言之务去。"这也是表达出这么一层意思：不应该用别人已用了很多次的构思，因为读者已经熟悉了，因此不可能引起读者心灵更大的共鸣，读者也就不会为诗击节称叹。

古人曾作写诗的经验之谈，说诗写出后，逐句推敲，如果看见有似古人的地方，就抹去重写。持这样的创作态度，自然可以写出好诗词。

但是，话又说回来，怎么才能知道哪些是人家已经写过了的？这有一个前提，就是博览群书。如逢好的诗词、名言、警句，选出记在本子上，以便日后查找。王国维摘了几段宋词来比喻成为大学问者必经的阶段。第一步是"独上高楼，望尽天涯路"。这"望尽天涯路"就是夸张地把"天涯路"比喻为"人世间应读的书籍"。第二步是"为伊消得人憔悴"。如何才能写出不落窠臼、能出新意的诗词来呢？这自然要有一个艰苦地磨炼过程。"人所不云，我必道之；人若已云，我必新之。"别人已经写熟的题材，要出新意，极难！如"岁寒三君子"松、竹、梅，代代相咏，家家称道，能挖出千尺下埋藏的金矿，当是大为不易。李白是最为知趣的大诗人，他见崔颢写了那么好的《黄鹤楼》，便道："眼前有景道不得，崔颢题诗在上头。"但是，到了金陵凤凰台，却提笔就写。虽有人讥之为全仿崔颢之作，但仔细读后，仍觉其为佳作。

所以，对题材的选择，是写出好诗词的一个好方法。成诚，这位可敬的年轻人，写出《网上报考研究生后感作》："悬断房梁两鬓苍，证书挡雨尽糊墙。十年读破寒窗夜，不道天明梦更长。"虽然一、三、四句仍有旧意，但题材新了，加上第三句特别好，所以读来感人，不愧为网中诗词的精品。笔者写的《掌声》："手似金铙拍不停，轰雷阵阵九霄惊。知谁掌管测谎器，量出真心分假情。"这也是选中了新题材，并放进了测谎器这一新事物。

写熟悉的题材，可"反其意而用之"，如毛泽东的《咏梅》："俏也不争春，只把春来报"是从陆游的"无意苦争春，一任群芳妒"而来。也可改造旧句，如何海荣《送友》中有句"桃花飞处离人泪，飘入江流点点红"是改"夕阳返照桃花坞，柳絮飞来片片红"而得。熟悉的题材也可另立一意，如何运强《访友》中有句"轻叩柴扉惊犬吠，墙头迎出白梨花"很明显受到"一枝红杏出墙来"的影响。

熟读名作，又能在学习仿作中另出新意，那么，就正如王国维所说的，达到了第三步："蓦然回首，那人却在，灯火阑珊处。"这也便达到"七纵八横""信手拈来""头头是道"的最高境界了。

（十二）意深

诗词是精粹的文学作品。它以很小的篇幅，表现出深奥的内容，所以深得人们的喜爱，数千年来，经久不衰。当我们读到于谦的《石灰吟》"千锤万凿出深山，烈火焚烧若等闲。粉身碎骨浑不怕，要留清白在人间"时，无不为之感动，这是因为它包含了深意。

有的诗词，初看平平，如脍炙人口的曹植七步诗，开头四句是：“煮豆持作羹，漉菽以为汁。萁在釜下燃，豆在釜中泣。”读者会以为是一般描写，但读到后两句“本是同根生，相煎何太急”时，不禁深为叹息，为古代皇室中众多兄弟骨肉相残的真实故事扼腕。今人网友更夫写的《黄昏感赋》开头三句“太阳一落九天空，怅望余霞褪暖红。嗟叹人间灯万盏”，乍看也似平平，谁知诗的最后一句是“寸光只照自家中”，读后自然会感到其中蕴含了深厚内容，甚至可以说抵得上一篇描写人性的论文。

一首好诗词，无论开头怎么描写，最后作结，都应该将上面的意思递进一层，或说是将意境深化。有人将此过程称为“炼意”，像化学实验一样，使内容浓缩到结晶，故谓之“升华”，这样提炼出来的好句子，往往称为“警句”。警句一般多在结尾出现（当然不是绝对），如“不识庐山真面目，只缘身在此山中”“好花堪折直须折，莫待无花空折枝”“不经一番寒彻骨，哪得梅花扑鼻香”等等均是。白居易青少年时代的作品《赋得古原草送别》本是八句，警句“野火烧不尽，春风吹又生”出现在三、四句，故笔者看见有许多选本竟给作者的原作动了手术，把后面四句砍掉，只剩下前四句，确实，这样做，意境更为集中些。这里不妨将原诗全录以供读者参考：“离离原上草，一岁一枯荣。野火烧不尽，春风吹又生。远芳侵古道，晴翠接荒城。又送王孙去，萋萋满别情。”

这里，笔者不妨将自己的一首诗的创作过程剖析一下。那是在跨入新世纪后的某一天，笔者陪诗友到号称“江南四大名楼”之一，同时唯一保留原建筑未毁的广西容县真武阁游赏，此阁的二层楼有四根悬空的柱子，是依靠杠杆原理和屋檐平衡起来的，四百多年历经狂风地震而不倒。我曾经参与《真武阁·都峤山诗词选》的编辑工作，众多描写真武阁的诗词历历在目，但都觉得描写有余，缺乏力度，于是，笔者把国家领导人关于国际形势的讲话与之联系起来，一首在多种报刊发表或转载的深受好评的诗随之而成：

三层杰阁叹神仙，腾脊飞檐不计年。

悬柱功成藏警意，平衡内外得安然。

许多人写诗，往往是先得警句，然后再成全篇，这首诗也是根据这一理念进行创作的，久任编辑的丁冬先生，经验之谈说选诗稿先看结句，如无文采，则省去不阅，便是此般道理。

（十三）虚实

实是什么？有形能感触到的物体也；虚又是什么呢？无形的精神意识也。一首好的诗词，犹如谈情说爱，光是在手机电话里聊天，空谈什么感情而无礼物互送、肌肤相亲这些实在的东西，那肯定是不成功的；反之，无精神寄托、关爱鼓舞，定又会觉得庸俗不堪。

所以，虚和实的合理搭配，在诗词中的道理是一样的。李白的诗《望庐山瀑布》，开头两句“日照香炉生紫烟，遥看瀑布挂前川”是实写，“香炉”是庐山峰名，作者眼中看到实在的物象就是这模样。紧接着的两句“飞流直下三千尺，疑是银河落九天”，谁也没见到过什么是“银河落九天”，所以这样夸张的描述属于“虚”的范畴。

写得太实，就会使读者失去兴趣，人皆能道之，何必你啰唆？相反，写得太虚，读者如坠云里雾里，也不会引起共鸣。“大跃进”时的《红旗歌谣》有这么一首诗：“谷堆高得像山尖，爬上需时大半天。撕片白云揩揩汗，凑上太阳吸袋烟。”这就是只虚不实的代表作，看后，读者得出的印象只是一句：“说大话。”

所以，写完一首诗，自己可根据这一标准去判断一下，如果写得漫无边际、无实在的东西，或是写得太实，无想象、夸张等虚构的精神状态，都应加以修改，换上相对的句子，做到虚实结合。

至于何处该虚，何处该实，似无定法。但一般说来，是认为开头宜实，收结宜虚。一首短的诗词，先是实写，能把读者带到作者所要描述的环境中去，然后来一个精神方面的虚写，就可能引起读者的共鸣。如是长一点的诗词，也可让虚的句子穿插在实的描写之中。如苏轼的《蝶恋花》上半片是："花褪残红青杏小，燕子飞时，绿水人家绕。枝上柳绵吹又少，天涯何处无芳草。"实写四句，用虚句收结上半片，下半片开始又继续实的描写："墙里秋千墙外道，墙外行人，墙里佳人笑。笑渐不闻声渐悄。"跟着接一句虚写："多情却被无情恼。"妙哉！

悠歌（郭中洲）写诗，多出奇句，但开头常犯虚实不搭配、只虚不实、前虚后实的毛病。他的诗在网上发表后，经网友们提意见，再斟酌推敲，能出佳作，然尚有纰漏。今笔者从他的代表诗集《漓江悠歌》中捡出一首《云语》，分析供读者参考：

忽听云传语，弥留消散中。

世间多少事，风扫尽归空。

这首诗犯的毛病就是第一句："忽听云传语"太虚，云是不可能传语的，读者未能进入境界，便有矫揉造作之感。结句"风扫尽归空"，又觉用此句做结尾过实。故笔者稍作调整，并配合平仄更换了一些词语：

风扫尽归空，云传天语中。

世间多少事，聚散恋留同。

不知读者读后，感觉改得如何？

（十四）写景与状情

平时常听说“诗情”，可见，诗和情是分不开的。如果从句子里看不出情感来，那能算是诗么？但是，纯说情的诗，不一定是佳作。高明者常用景表达自己内心的情感。

南唐后主李煜写的一首古今传唱的词《虞美人》，先是写景“春花秋月何时了”，接着状情“往事知多少”，然后继续写景状情下去“小楼昨夜又东风，故国不堪回首月明中。雕栏玉砌应犹在，只是朱颜改”，最后以强烈的情感作结尾，用了一个写景的比喻：“问君能有几多愁，恰似一江春水向东流。”

一般来说，情景交融是诗词的上乘境界。如诗人符瓦写的《新疆天池》：“光华潋滟倍多情，北国沙盘一水晶。月出寒山风起白，云回雪岭树增青。娟娇折服江南女，袤广能容东海鲸。别后安知几度梦，素心还共此池清。”诗先以水晶的光华景象喻示多情，且不是寻常的水晶，而是北国沙盘上的，这样加深了情意。随后写“月”“山”“风”“云”“雪”“树”之景，用了概括而形象的独特语言，有人评之为大家手笔。而这些是要表达出看不见的“素心”，就如同“天池”一般的“清纯”。此诗曾在美国、日本等多处报刊发表，均获好评。由此成功之作的剖析可见，写景是为了状情，状情莫忘写景。

至于写景与状情的安排，有先写景后状情的，此项常见，如：“黄河远上白云间，一片孤城万仞山。羌笛何须怨杨柳，春风不度玉门关。”当代诗人田昌令的《登大容山》也用此手法：“叱风吞雨养葱茏，四海云来皆可容。我胜当年封岳帝，轻车直上玉莲峰。”

有边写景边状情的。前面已举过的李煜《虞美人》可作一例。张九龄的“海上生明月，天涯共此时。情人怨遥夜，竟夕起相思。灭烛怜光满，披衣觉露滋。不堪盈手赠，还寝梦佳期”及今人的《虞美人·思念》"灰尘墙积园中草，蛛网何堪扫。秋光只伴落红来，手植菊花偏是裂心开。无多时日欢颜少，还胜音容渺。嘶风一阵透窗帷，跟了那人寒热可相随"都可作此手法的示例。

也有以写景作结句的。贺铸《青玉案》就以"一川烟草，满城风絮，梅子黄时雨"作结，喻出上文所说的愁情。诗友甘德宗写《贪官被捉》，结句经几次修改都不满意，后来笔者给他提意见，把状情改为写景句"牢房怅望日垂西"，结果此诗在《玉林日报》上发表，还排在显要的位置，可见此法还是管用的。

绝句四句都是写景，俗称为"四条屏"，不易写，但不等于没有。杜甫的《绝句》："两个黄鹂鸣翠柳，一行白鹭上青天。窗含西岭千秋雪，门泊东吴万里船。"有人也从诗中看出深意来，这大约和此类作品写景写得很美有关吧。

(十五)炼句

诗词由句子组成，就犹如一部好机器，必须由好的零件来组装。

有的诗，首句便不同凡响，如鲁迅的《自嘲》："运交华盖欲何求？未敢翻身已碰头。破帽遮颜过闹市，漏船载酒泛中流。横眉冷对千夫指，俯首甘为孺子牛。躲进小楼成一统，管他冬夏与春秋。"以"运交华盖欲何求？"这样的反问句来做首句，使读者自然而然想知下文，可以说是炼出了好句。到了中间两联，句子更妙："破帽遮颜"，过的还是"闹市"；"漏船载酒"，泛的居然是"中流"，把"倒霉"写得淋漓尽致。

开头的句子，稍微平淡一些还不打紧，重在结句，尤应锤炼。传说的麻雀诗，开头就是"一只两只七八只"这样写下去，突然一个转结："凤凰何少尔何多，啄尽人间千万石。"这样不禁使人产生许多联想，可将这种形象想象成贪婪之人甚至是贪官。

炼句的目的，不外乎是使平淡变为有味，直白变成含蓄。虽无定式，此处可举数种炼法。

把直叙变成设问，如上面所举鲁迅《自嘲》一诗，就是一个例子。苏东坡的“明月几时有？把酒问青天，不知天上宫阙，今夕是何年？”及张若虚《春江花月夜》中的“江畔何年初见月，江月何年初照人？”并用上了连续设问句，如将它们改成一般叙述，滋味就淡了。

也可把普通句子炼成问答式的句子，有名的如杜牧的《清明》：“借问酒家何处有？牧童遥指杏花村。”有的甚至可成为答句，如李清照的“知否？知否？应是绿肥红瘦”等。笔者的拙诗《独秀峰》就是这样炼句的：“谁采瑶池玉笋丛？移栽苍翠桂林中。千山环立皆彦俊，哪座堪称独秀峰？”整篇用此手法。

把直露的句子变成含蓄是炼句的一种手法。如上面举的“漏船载酒泛中流”，用夸张的景语代替了“快要沉沦”的没有形象的说法。2008年笔者写了一首诗，是关于广西壮族自治区成立五十周年大庆的，诗中借用壮锦的形象，炼句为“今日车针穿路线，编出光华五十年”。写奥运圣火上珠峰，炼句为“冰巅燃圣火，虹彩耀祥云”。

炼句要炼出人间真情意，如苏东坡“但愿人长久，千里共婵娟”；王勃的“海内存知己，天涯若比邻”；张九龄的“海上生明月，天涯共此时”等等都是如此。今人写漓江，把“桂林山水甲天下”炼成“能倾天下爱，全仰始终清”；把“此物最相思”炼成“夕阳一点如红豆，已把相思写满天”也是如此。

句子炼到有思想深度，便成为留传千秋万代的警句格言。如朱熹的“问渠那得清如许，为有源头活水来”；高明的“不是一番寒彻骨，怎得梅花扑鼻香”；文天祥的“人生自古谁无死，留取丹心照汗青”；今人的“老牛自知夕阳晚，不用扬鞭自奋蹄”“已怀浩浩奔沧海，不惜涓涓作细流”等等。

（十六）敲字

之所以用了“敲”这个动词，是因为“推敲”这个故事人们非常熟悉，“推敲”已成为日常用语，而在贾岛那首诗的意境中，应是“僧敲月下门”，比“僧推月下门”好，“敲”字多响亮，如闻其声。

一首诗词写成之后，应该进行炼句敲字的修改。灵感所至，如电光石火，稍纵即逝，赶忙把诗句记述下来，是很有必要的。但是，诗句里面的字眼，犹如粗糙的毛坯，必须进行琢磨加工，才能放出光彩。王安石的“春风又绿江南岸”，这“绿”字，据诗话说，王安石曾圈改十多遍，“过”呀，“到”呀，“度”呀，都被一一删去，最后才定下“绿”字，真是“吟安一个字，捻断数茎须”，无此“语不惊人死不休”的精神，不能写出好诗。

为此，古今多少诗人付出多少艰辛的努力，初学者更应以此为奋斗目标，未作敲字，不忙轻易定稿。

当代创立旧体新诗形式的军旅诗人刘庆霖，可以视为敲字敲出成绩的代表。他的第二本诗集《掌上春光》取意于《第二届白城杏花诗会》一诗，有句为“谁将短信发千里，掌上春光泄一枝”，这“泄”字便敲得很好！试想，如用“透”“露”“开”等字，未尝不可，但诗味却比原作淡了。笔者因不知作者在中间曾作了多少推敲，但想来应该不是“信手拈来”。因为在开会和漫游相识之后，与他亦有许多文字上的交往，尤其在网络上，见过他许多名诗的修改过程。

这里不能不提到网络在敲字方面能发挥巨大的作用。过去要寻个能推敲的好友，非常不容易。贾岛有幸，撞上了大官韩愈，遂成了千古佳话，“推敲”才流传于后世。千百年来的动乱时代，少出或不出名诗人、美词家，恐与难觅或少遇到能敲字的朋友有一定关系，当然还有其他因素。

如今不同了，一把诗作发到网上，纵是天南地北，相隔千里，也可以在半分数秒的短暂时间收到回应。记得前些年，雪薇（网名）发的一首诗，笔者给她改了一个字，成“信重雁迟回”，这个“重”字，使她在众多的推敲稿中，选中了笔者的改作。

改动一字，使诗作生辉的事例难以胜数。自古以来，就有关于“一字师”的美誉。那是从《早梅》一诗的敲字中得出的，把“数枝开”敲成“一枝开”。是呀，“一枝开”更能表达出题目“早梅”的意思吧。

人们有一种观点：“孩子总是自家的好。”但是要写好传统诗词，不能抱有这种心态。诗句既已产出，就要大胆怀疑它，希望能有更多的诗友帮助推敲，当然，自己也应战胜自己。为此，旁人能给自己敲字，哪怕是敲好“半个”，也应深深感谢。

附二：

诗词创作的几点体会

钟浪声

诗词和其他文学体裁一样，其创作有一定的技巧性与规律性。充分把握这些技巧与规律，在诗词的创作中就能少走弯路，迅速登堂入室。下面笔者结合自己的创作实践，谈一些体会。

一、大胆下笔，小心雕琢。诗词创作是人对主客观世界的感知并用诗词形式表现的活动。所谓“诗兴”或“灵感”就是源于某些事物的触发，然而这些“诗兴”或“灵感”在脑海中往往是一些模糊的感觉，不可能马上成为既优美又合乎格律的诗句。这就需要我们大胆下笔，把所见所思写下来，然后再细细加工、雕饰。“文章不写一句空”，如果一味等思路完善、心有佳句再动笔，可能就会一句无成。须知，好诗佳句大多是改出来的，不是在瞬间的灵感中得来的。

二、小题大做，大题小做。小的题材，如“一花一草”“一虫一鱼”，如果不拓宽视野，扩大思维空间，就没有多少内容可写，就算勉强成诗，也会捉襟见肘，意境狭小。对小题材，要善于通过联想、类比、想象、象征、夸张等手法，努力扩大其内涵、提升其意境。“一花一世界，一叶一菩提”“滴水见太阳”都是这个道理。如笔者这样写兰花：“细叶轻盈带露新，蓝天碧水梦留痕。胸怀五岳三山志，身许千家万户门。不与牡丹争富贵，唯同风雨度晨昏。红尘踏遍春何处，大野青葱赖草根。”兰花是小小的一株植物，若单纯写兰花，无非是翠叶、洁芽、粉蕊，只有跳出兰花写兰花，才能写出丰厚的意蕴。大的题材，如写祖国新貌、家乡巨变、十八大、改革开放，这些题材都很庞大，内容包罗万象，如果林林总总，一味大而全地写，就会变成空对空，口号连篇，缺乏诗词应有的形象与美感。那么，这类题材，只能从小处着眼，通过一件小事、一个小典型、一个镜头来反映大题材。如下面这两首诗都是写祖国巨变的。第一首《建国六十周年感怀》："动地春雷起国殇，马恩思想泽东方。立邦才雪百年耻，改革方教万代强。显赫神州名宇内，悠然黎庶步康庄。千年盛世斯民乐，负势中华代代昌。"（网上作品）第二首《百岁老爸》："百年风雨舞牛鞭，一缕心丝绕稻田。碧埂有花皆故事，蛙声无调亦新弦。抛秧除去折腰苦，免税迎来种地甜。手捧承包存款簿，满眶热泪对儿言。"（罗崇荣）前一首写得大而抽象，后一首通过一个百岁老爸的形象，同样反映了祖国的变化，孰优孰劣，一看就明白。

三、虚材实写，实材虚写。虚材实写，就是对一些抽象的题材，要通过比喻、拟人等手法，通过形象化的诗的语言，化抽象为形象，化看不见为摸得着，使读者对诗所表达的对象有更直观、更形象的感受。如笔者写过一首诗叫《手机流量》："指尖滑动小溪流，放朵心花水上浮。江尾江头谁伫立？一屏绚丽照双眸。"把看不见、摸不着的手机流量比喻成能看得见、感触得到的小溪流，这样就把虚的东西实化了。相反，如果诗所表达的是很具体可感的，即"实"的对象，那么就要把这对象"虚"化，或升华其精神、或表现其情趣、或总结其哲理。诗不是散文，更不是说明文，没有必要细写其形，而应更注重写其神。总之，不能以实写实，要写出依附于对象之外的意蕴。比如写梅花，如果一味从其颜色写到枝，从叶再写到树干、根，这样读起来就会一览无余，毫无味道可言。毛泽东的《卜算子·咏梅》："风雨送春归，飞雪迎春到。已是悬崖百丈冰，犹有花枝俏。俏也不争春，只把春来报。待到山花烂漫时，她在丛中笑。"在词中，作者并不怎么具体描写梅花，而是把梅花比作一个具有乐观主义的革命形象，这样就大大地深化了梅花的形象，给读者带来更深层次的艺术感悟。

四、意忌用尽，留有余味。诗的语言是最含蓄、最精练的语言，读诗的过程是一个反复品味后再创造、最后会心一笑的过程。诗写得越含蓄，读者的想象、玩味空间就越大。这和打拳的道理一样，最有威胁的时候，是拳头缩住的时候，拳头打出去了，就没有震慑作用了。所以，写诗不用老想着要把自己的想法一股脑儿告诉读者，全告诉读者了，读者就没有再创造的余地了，也不要低估读者的智商，以为读者理解不到作者的用意，但也不能为了一味追求含蓄深沉的意境而故弄玄虚、专门用些冷僻字把诗搞得佶屈聱牙。诗最可贵的是言浅意深，用尽可能显浅的语言，把作者想表达的思想依附、隐藏于言外，这样的诗才耐品、耐读。如笔者的一首《咏杜甫》曾获得"纪念杜甫1300周年诞辰海内外诗词大奖赛"三等奖，诗的最后两句是："广厦如今千万幢，不知寒士可欢颜？"既和杜甫的作品"安得广厦万千间，大庇天下寒士俱欢颜"相照应，又问而不答，留给读者回味的空间，而答案也在回味中自然得出了。

附三：

谈谈诗词、对联的格律

龚煜江

任何艺术都应是从模仿与借鉴开始，要提高诗词联创作水平，模仿和借鉴更是必不可少的环节。书法练习历来讲究临摹古代碑帖，学习诗词联创作与学习书法应该相类似，同样须“临摹”古人的作品，最起码要“临摹”当代一流高手的作品。当然，我这里所说的“临摹”不是简单的复制，而是在研习的同时尽可能掌握其创作的基本方法和技巧。要想在韵文领域里有所建树，就要从基础做起，首先要研习唐诗宋词清联，熟悉《笠翁对韵》《声律启蒙》，以期打下扎实的基础。通过模仿和借鉴摆脱“像他人”，尔后通过大量的创作实践，创作者逐渐形成自己独特的语言风格和鲜明的用词个性，创作出“新、深、奇”的作品来，这样才能真正做到“像自己”。但在模仿和借鉴前首先要掌握诗词联的基本格律。

一、对联的基本格律

（一）什么是对联

对联也叫楹联，是由两串等长、成文和互相对仗的汉字序列组成的独立文体。其特点是对应和关联。

对联的称谓：诗称首，书法称幅，而联则称副。一般来讲对联单幅称比，出句称上联或上比，对句称下联或下比，概括点缀对联的词语叫横批或横额。

（二）对联的格律

对联的基本格律，离不开如下六要素：

1.字句对等。

上下联的字数及其句数要相等。

2.句式相称。

联文语句的语流节拍，上下联要一致。

如：苍山玉水云峰碧，洱海金花雪月光。

3.平仄相谐。

联文用词缀句按节奏安排平仄交替，上下联对应节奏点位置的用字平仄要相反。

如：石堡孵成千只凤，圭河育出万条龙。

4.词类相当。

上下联句法结构的对应位置用词的词类属性要相同。

5.结构相应。

联文用词的构成、词义的配合、修辞的运用，上下联要对应平衡。

如：科学能致富，教育可兴邦。

6.内容相关。

上下联所表达的内容相关联，统一于主题。

（三）对联的大忌和小忌

大忌有：忌合掌、忌孤平、忌三平尾、忌不规则重字。

小忌有：孤仄、三仄尾。

1.忌合掌

如："神州千古秀，华夏万年昌。"神州—华夏；千古—万年；秀—昌。此为全合掌。"晨昏三叩首，早晚一炉香。"晨昏—早晚。此为一处合掌。有些对联出现个别非中心词尤其是虚词的合掌，或者合掌部分在联中比重很小，是允许的。如"万里长征欣比翼，百年合好喜同心"，欣—喜，合掌，但比重少，可以允许。

2.忌孤平、忌三平尾

以七言联或最后分句为七言为例，三仄尾为小忌，三平尾为大忌；七言联中前六字孤仄为小忌，孤平为大忌。如：

山前林木层层隐，雨后溪沟处处流。（上联为孤仄）

仙立景台，八叠峰挑八面画；星牵夜幕，万家灯闪万行诗。（"八面画"为三仄尾）

3.忌不规则重字，但规则重字是允许的。

如：一剪梅花三弄影，三潭印月一湖秋。

（四）对联的马蹄韵

马走路时留在地上的蹄痕，一左一右两行蹄印，都是后蹄（印）踏在前蹄（印）上，形成左右蹄形。这样的规律运用于对联上称对联的马蹄韵。以上联为例，用单句或多句中每句的最后一个字的平仄来界定对联是否为马蹄韵，如下的平仄规律即为马蹄韵：

一句：仄

两句：平仄

三句：平平仄

四句：仄平平仄

五句：仄仄平平仄

如：

题容县华侨大厦

华厦辉煌，聚四海嘉宾，纵论英雄须煮酒；

侨都富丽，溢满堂喜气，遍尝美味请登楼。（为马蹄韵）

题税收与小康

税源如水源，涵源固本，源源活水可盈库；

财脉是龙脉，把脉疏经，脉脉长龙当富民。（非马蹄韵）

二、诗词的格律

（一）声律

诗的格律包括声律和韵律。声律指诗句平仄排列之规律，韵律指诗句句尾押韵之规律。

1.七绝/仄起式

如：（拙作）七绝/大容山天湖垂钓遐想（句中□为可平可仄字，句末带◇字为韵字，下同）

□仄□平□仄□，凝望天湖思远游◇

□平□仄□平□。银河万里驾飞舟◇

□平□仄□平□，逍遥假日放长线

□仄□平□仄□。正好挥竿钓地球◇

2.七绝/平起式

如：七绝/登都峤山最高峰

□平□仄□平□，岚香引我上炉峰◇

□仄□平□仄□。夹道山花深浅红◇

□仄□平□仄□，烟袅荒原餐秀色

□平□仄□平□。身临梦境问仙踪◇

3.七律/仄起式

如：七律/同学毕业三十年聚会

□仄□平□仄□，桃李春风不记年◇

□平□仄□平□。同窗情结一生牵◇

□平□仄□平□，程门聚散原非梦

□仄□平□仄□。世事纷纭却似烟◇

□仄□平□仄□，卅度沧桑人未老

□平□仄□平□。几经雨雪志尤坚◇

□平□仄□平仄，重逢此际论前路

□仄□平□仄平。共赋峥嵘岁月天◇

4.七律/平起式

如：七律/都峤山柚谷

□平□仄□平□，莫须春日百花繁◇

□仄□平□仄□。绿草经冬叶不残◇

□仄□平□仄□，峰若翠螺林翠黛

□平□仄□平□。石尤斑驳水斑斓◇

□平□仄□平□，青藤织就一帘梦

□仄□平□仄□。飞鸟掀开半涧岚◇

□仄□平□仄□，但使荒原皆本性

□平□仄□平□。人间天籁定陶然◇

其实“绝句”也叫“截句”，它是从律诗里“截”出来的，如：

“七律/都峤山柚谷”可以“截”成如下四首“七绝”：

莫须春日百花繁，绿草经冬叶不残。（第一联）

峰若翠螺林翠黛，石尤斑驳水斑斓。（第二联）

青藤织就一帘梦，飞鸟掀开半涧岚。（第三联）

但使荒原皆木性，人间天籁定陶然。（第四联）

(1)第一、二联：

莫须春日百花繁，绿草经冬叶不残。

峰若翠螺林翠黛，石尤斑驳水斑斓。

(2)第一、四联：

莫须春日百花繁，绿草经冬叶不残。

但使荒原皆本性，人间天籁定陶然。

(3)第二、三联：

峰若翠螺林翠黛，石尤斑驳水斑斓。

青藤织就一帘梦，飞鸟掀开半涧岚。

(4)第三、四联：

青藤织就一帘梦，飞鸟掀开半涧岚。

但使荒原皆本性，人间天籁定陶然。

(二)韵律

韵律，指诗句句尾押韵之规律。

1.平水韵(一百零六部)

[五歌]歌多罗河戈阿和[和平]波科柯陀娥蛾鹅萝荷[荷花]何过[经过]磨[琢磨]螺禾珂蓑婆坡呵哥轲沱鼍拖驼跎佗[他]颇[偏颇]峨俄摩么娑莎迦疴苛蹉嵯驮箩逻锣哪挪锅诃窠蝌髁倭涡窝讹陂鄱皤魔梭唆骡挼靴瘸搓哦瘥酡

[六麻]麻花霞家茶华沙车[鱼韵同]牙蛇瓜斜邪芽嘉瑕纱鸦遮叉奢涯[支佳韵同]巴耶嗟遐加笳赊槎差[差错]蟆骅虾葭袈裟砂衙呀琶耙芭杷笆疤爬葩些[少也]佘鲨查楂渣爹挝咤拿椰珈跏枷迦痂茄桠丫哑划哗夸胯抓洼呱

2.通用韵(词韵)

第一部　平声：一东二冬　通用

[一东]东同童僮铜桐峒筒瞳中[中间]衷忠盅虫冲终忡崇嵩[崧]菘戎绒弓躬宫穹融雄熊穷冯风枫疯丰充隆窿空公功工攻蒙(濛)朦瞢笼胧栊咙聋珑砻泷蓬篷洪荭红虹鸿丛翁嗡匆葱聪骢通棕烘崆

[二冬]冬咚彤农侬宗淙锺钟龙茏舂松凇冲容榕蓉溶庸佣慵封胸凶匈汹雍邕痈浓脓重[重复]从[服从]逢缝峰锋丰蜂烽葑纵[纵横]踪茸蛩邛筇跫供[供给]蚣喁

3.中华新声韵(十三部)

4.词谱(词与诗的关系)

如拙作:鹧鸪天·瀑布

溪水心间路万重,青山碧涧蛰苍龙。

⊙ ● ○ ○ ● ● △ , ⊙ ○ ⊙ ● ● ○ △

猝然口吐团团雪,不觉身添凛凛风。

⊙ ○ ⊙ ● ○ ○ ● , ⊙ ● ○ ○ ● ● △

高出处,大弯弓,凌空一跃自从容。

○ ● ● , ● ○ △ , ⊙ ○ ⊙ ● ● ○ △

纵经百折朝前闯,志汇千流入海中。

⊙ ○ ⊙ ● ○ ○ ● , ⊙ ● ○ ○ ● ● △

(三)章法

如果说“起、承、转、合”喻之为经,那么“君、臣、佐、使”就应是纬,有了经丝和纬线,就可以织出很多花样的布(诗)来了。

如:

七绝/大容山天湖垂钓遐想

(起)凝望天湖思远游,(使)

(承)银河万里驾飞舟。(佐)

(转)逍遥假日放长线,(臣)

(合)正好挥竿钓地球。(君)

如:七绝/古老容中

(起)斑驳古楼闲且逸,(佐)

(承)沧桑老树俊而鲜。(佐)

(转)芳龄若问知多少?(臣)

（合）烟雨容州已百年。（君）

（四）充分利用电脑

1.诗词对联平仄、重字、尾字韵目查询：http://www.zhgc.com/pz/pz.asp

如：容县六王古泉村千年血藤

餐风宿露杖藜翁，脸皱须长体似弓。

古：平平仄仄仄平平仄仄平通仄仄平◆弓【上平一东】

今：平平仄仄仄平平仄仄平通通仄平◆弓【十一庚】

荒野随缘心自在，孤蓬率性意从容。

古：平仄平通平仄仄平平仄仄仄通平◆容【上平二冬】

今：平仄平平平仄仄平平仄仄仄平平◆容【十一庚】

穿来四季布衣绿，生就满腔热血红。

古：通平仄仄仄通仄平仄仄平仄仄平◆红【上平一东】

今：平平仄仄仄平仄平仄仄平仄仄平◆红【十一庚】

守望千年期一梦，骑龙万里傲苍穹。

古：仄通平平平仄通通通仄仄仄通平◆穹【上平一东】

今：仄仄平平平平仄平平仄仄仄平平◆穹【十一庚】

重字检查

餐风宿露杖藜翁，脸皱须长体似弓。

荒野随缘心自在，孤蓬率性意从容。

穿来四季布衣绿，生就满腔热血红。

守望千年期一梦，骑龙万里傲苍穹。

2.汉典：http://www.zdic.net/cd/ci/8/ZdicE9Zdic9DZdic92268189.htm

3.词牌在线检测：http://www.52shici.com/cipu.php? name=zhe_gu_tian